« Les vraies fables »
du conteur Lepeintre

« Les vraies fables »
du conteur Lepeintre

Charles Demassieux

© Éditions Hélène Jacob, 2014. Collection *Littérature*.
Tous droits réservés.
ISBN : 978-2-37011-116-6
Éditions Hélène Jacob – 13 Impasse Victor Gesta –
31200 Toulouse
Imprimé par Create Space – États-Unis
13,45 €
Dépôt Légal Avril 2014

Design couverture : Jérémy Calli

« *Les événements dépensent, les hommes payent.*
Les événements dictent, les hommes signent. Le 14 juillet est signé Camille Desmoulins, le 10 août est signé Danton, le 2 septembre est signé Marat, le 21 septembre est signé Grégoire, le 21 janvier est signé Robespierre ; mais Desmoulins, Danton, Marat, Grégoire et Robespierre ne sont que des greffiers. Le rédacteur énorme et sinistre de ces grandes pages a un nom, Dieu, et un masque, Destin. »

(Victor Hugo – *Quatrevingt-Treize*)

À mon fils Maxence…
À Laurence Marini…
À l'Histoire européenne, enfin, que nombre de fossoyeurs voudraient réduire en cendres.

Chapitre 1 – Avant-propos

À moins d'extrapoler pour combler les vides, il faut admettre que l'on sait peu de choses sur Hippolithe Lepeintre, en dehors des grandes lignes biographiques qu'il a égrenées dans sa correspondance.

On sait ainsi que :

Il naquit à Dieppe, au lendemain du vote de la loi de séparation de l'Église et de l'État, c'est-à-dire le 4 juillet 1905. Comme il n'était pas américain, cette date n'eut jamais grande importance pour lui !

Hippolithe évolua dans une famille modeste sans être pauvre ; connut une jeunesse qu'aucun événement notable ne marqua jusqu'à la mobilisation générale et la déclaration de guerre de l'Allemagne à la France qui s'ensuivit le 3 août 1914. Son père, Édouard Lepeintre, rejoignit donc son régiment pour aller se faire tailler en pièces sur divers champs de bataille du front occidental pendant quatre ans… sans succès : il revint indemne d'une « Grande Guerre » qu'il raconta bientôt à son fils dans les moindres détails, sans doute pour se libérer d'un poids moral trop lourd à porter seul. Ceci affecta manifestement le jeune garçon, et il accorderait plus tard une place majeure à ce conflit dans son œuvre, dont quelques éléments sont parvenus jusqu'à nous, le récit *La caricature* étant même dédicacé à son père.

En 1919, la dévastatrice grippe espagnole vint le débusquer. Il en garderait toute sa vie une constitution fragile et, comme il le confierait dans l'une de ses lettres adressées au frère Martin[1], ce fut pendant sa convalescence qu'Hippolithe commença à lire abondamment pour « supporter l'ennui de [sa] solitude de malade ». Il lut d'abord des récits policiers, très appréciés de sa mère. D'où, peut-être, ce goût prononcé pour les intrigues. Puis un jour, sous une pile de journaux, il dénicha un ouvrage écorné aux feuilles jaunies datant de la fin du siècle précédent : *Deux mille ans de secrets de France* d'Alphonse Millechais[2].

L'ouvrage exhumait des mystères ensevelis de notre histoire qui, depuis Alexandre Dumas, excitent l'imagination des lecteurs de France et d'ailleurs. Ce fut une révélation pour Hippolithe ; il se consacra dès lors exclusivement à sa passion, dévorante à ce point qu'elle l'isola de ses semblables.

En 1933, à l'heure où les premiers éclairs d'un nouvel orage guerrier tonnaient en Allemagne, un drame survint qui devait à la fois priver Hippolithe de famille et l'enrichir notablement : le mardi 24 octobre, son père, sa mère et ses deux sœurs périrent dans un accident

---

[1] Moine bénédictin de l'abbaye de Saint-Adegrin-sur-Loire, rencontré à l'occasion de ses recherches et avec lequel Hippolithe Lepeintre entretint une correspondance régulière jusqu'à la mort du religieux, en 1962.

[2] Alphonse Millechais (1821-1880) était un professeur d'histoire excentrique, renvoyé de la Sorbonne pour « enseignement séditieux ». Porté sur la « fée verte », il mourut dans la misère et l'oubli. *Deux-mille ans de secrets de France* est sa seule publication connue.

ferroviaire à bord du Cherbourg-Paris. À la suite d'un déraillement, leur wagon s'abîma dans la rivière Le Rouloir : les quatre moururent noyés. Ils venaient d'enterrer la grand-mère maternelle d'Hippolithe. Quoique les rapports entre madame Geneviève Henriard et son gendre Édouard fussent exécrables, lui et sa fille héritaient. Ses obligations professionnelles avaient forcé Hippolithe à rentrer deux jours plus tôt à Caen, où il exerçait sans grande conviction la profession d'instituteur de la République. Cela lui sauva la vie.

Seul, Hippolithe entra en possession de la fortune – sinon considérable, au moins très confortable – que sa grand-mère maternelle avait laissée à ses héritiers. Hippolithe était désormais propriétaire d'un hôtel particulier à Cherbourg, d'une villa sur les hauteurs des bords de Seine, du côté de Villequiers, ainsi que d'une importante somme d'argent. Il choisit de s'établir plutôt près de la Seine, y préférant le climat. Choix judicieux, puisqu'au cours du mois de juin 1944, la délicate bâtisse Art-Nouveau de la rue de Paris, à Cherbourg, s'effondra sous le feu des cuirassés américains impatients de prendre possession de l'unique port en eau profonde de la région.

Hippolithe, libéré des contraintes matérielles, démissionna de son travail et put s'adonner pleinement à sa passion : élucider les énigmes de l'Histoire. Il voyagea de bouquiniste en bouquiniste pour acheter livres et documents rares, uniques dans certains cas ; de bibliothèque en bibliothèque pour consulter ceux dont il ne pouvait faire l'acquisition. Il amassa ainsi un trésor de connaissances. Un matin près du fleuve, riche de ces secrets, il décida d'écrire pour en livrer témoignage au public.

Cependant, il savait qu'affirmer tout de go ses « dangereuses » découvertes reviendrait à le faire passer aux yeux des spécialistes pour un dément auquel il ne fallait pas ajouter foi. Ce qui signifiait le condamner au ridicule d'abord, à l'oubli ensuite. C'est ainsi qu'il choisit de couvrir ses révélations du voile protecteur de la fiction : il romancerait ses découvertes. Au fil du temps, son goût des secrets d'Histoire s'étiola quelque peu et Lepeintre leur préféra des anecdotes plus intimes, parfois même sans aucun rapport avec son plan initial.

Hippolithe écrivait depuis l'aube jusqu'à midi, roulant le reste de la journée au volant de sa Peugeot 601 dans un rayon de deux cents kilomètres maximum. Il voulait être rentré chez lui le soir, c'était impératif. À moins que la nécessité de ses recherches le lui commandât, il ne faisait pas de longs voyages, leur préférant l'atmosphère rassurante de sa grande maison à colombages.

Puis il y eut la guerre. Sa santé le dispensa de combattre. Est-il besoin de préciser qu'il ne se distingua par la suite ni dans la Collaboration, ni dans la Résistance ? Les affaires du monde présent ne le concernaient plus.

Par précaution, il installa son bureau et sa bibliothèque dans une profonde excavation creusée dans la falaise contre laquelle reposait l'arrière de sa villa et qui lui servait de cave à vin, espérant que cela suffirait à les prémunir des bombardements éventuels.

Quelquefois, il apercevait sur la Seine des bateaux

encombrés de soldats allant dans une direction ou une autre, les uniformes changeant selon les années. D'autres fois, des colonnes traversaient les rues du village sans s'y arrêter. Un soir de septembre 1944, il assista même au « débordement de l'enfer sur les hommes » : le bombardement du Havre. Dans sa lettre du 1er octobre de la même année, reproduite dans ce recueil, il en fait un compte rendu édifiant.

À la Libération, Hippolithe poursuivit son entreprise avec entrain, convaincu d'en arriver rapidement à bout. Hélas, à force de vivre cloîtré et dans le passé, il contracta une affection des nerfs. S'ajoutait à cela un amour déçu.

Le moine Martin, averti par une lettre incohérente, obtint un congé de son abbé et partit le soigner. Hippolithe se rétablit, mais il perdit progressivement le goût d'écrire, considérant vaine son entreprise. Après la mort du moine Martin, en 1962, il précipita ses écrits dans le feu. Des années de recherches et de travaux furent ainsi réduites en cendres. On pourrait croire qu'il s'était en quelque sorte libéré. Au contraire, il venait de s'enchaîner aux regrets de l'échec qui le plongèrent dans un état mélancolique permanent.

Il survécut presque onze ans à son ami religieux et, à l'âge de soixante-huit ans, après une terrible crise, il se noya volontairement dans le fleuve, imitant peut-être sans le savoir un fameux écrivain anglais. On ne retrouva jamais sa dépouille.

Suivant sa volonté, la totalité de ses biens échut à l'abbaye de Saint-Adegrin, dont son exceptionnelle bibliothèque. Miracle ou hasard, lors d'un inventaire de celle-ci, on découvrit un dossier qui avait échappé au feu. Dedans se trouvaient seize nouvelles achevées. En tête de chacune d'elles était inscrite en première page, à côté du titre, la mention « Complet », sauf pour la dernière, « Albert Masse ».

Le dossier fut déposé et oublié pendant des années sur les rayonnages des archives de l'abbaye jusqu'à ce qu'un moine le découvre, en lise le contenu et l'adresse aussitôt à son supérieur. Ce dernier le lut à son tour, s'en confia ensuite à un sien parent, par ailleurs journaliste, Pierre Lacape, autrement dit : moi.

Lorsque mon grand-oncle, l'abbé Jérôme, me raconta sa découverte, je n'hésitai pas à venir me rendre compte sur place. Nourri des récits de Dumas, Gautier, Verne et autres Reverte, la lecture de ceux d'Hippolithe Lepeintre m'enthousiasma. Je me proposai spontanément d'ordonner cet ensemble auquel mon parent adjoignit les lettres de Lepeintre au frère Martin.

Je voyais là une occasion d'échapper à mon quotidien de journaliste d'actualité et de rédacteur en chef, dont la nourriture exclusive est la lourde réalité contemporaine. C'était compter sans l'histoire présente qui me força à remettre mon projet à plus tard. J'allais en effet entamer la mise en ordre de l'œuvre d'Hippolithe Lepeintre, quand un après-midi nous entrâmes tous brusquement dans le XXIe siècle. Voici comment…

Après avoir enduré les traditionnels embouteillages de région parisienne, privé d'autoradio, volé quelques jours plus tôt, j'arrivai un mardi après-midi à la rédaction de mon journal. Elle était étrangement déserte.

Rencontrant un collègue dans les couloirs, il m'expliqua :

— On est tous à la salle-télé. Il s'est passé un truc incroyable. Viens, il faut que tu voies ça !

Dans ladite salle, tous avaient les yeux rivés sur un imposant écran de télévision, contemplant des images dont nul ne concevait encore toute l'humaine horreur, tant elles étaient séduisantes. Il y avait eu d'abord, me dit-on, une première tour en feu, mise sur le compte d'une erreur de pilotage. Après le second crash sur la seconde tour, plus de doute : c'était une attaque terroriste… au cœur même des États-Unis. Autant vous dire qu'à ce moment, la prose d'Hippolithe Lepeintre était le cadet de mes soucis !

Deux édifices, parmi les plus fameux et les plus imposants du monde, brûlaient, dégageant une fumée noirâtre. De temps à autre, des lignes ridicules dérangeraient le spectacle en traversant l'écran comme des insectes de passage. C'étaient en réalité des corps défenestrés. Dans un coin de la pièce, le vieux Mazarev, fondateur du journal, contemplait le tableau : il avait du mal à y croire. Lui, autrefois correspondant de guerre en Indochine, puis plus tard au Viêt Nam jusqu'à la chute de Saigon, était encore surpris par le jusqu'au-boutisme de l'homme. Mon mentor retourna sa carcasse sèche et me toisa d'un air entendu. C'était à lui que je devais de diriger la rédaction du *Franc-parler* que j'allais, par la force des choses, devoir quitter.

Passé la stupéfaction, commentaires et hypothèses fusèrent. Certains avancèrent spontanément l'extrême droite américaine. Car à ce jour, le plus grand attentat commis sur le sol américain était le fait d'activistes d'un groupe paramilitaire – *Le Mouvement des miliciens* – qui, en 1995, avaient jeté leur dévolu sur un immeuble fédéral d'Oklahoma City. Cela avait coûté la vie à 168 personnes. Des voix plus timides penchaient pour une logique de continuité des islamistes qui frappaient avec acharnement les intérêts américains depuis plusieurs années… Ils avaient vu juste. Mais on ne le savait pas encore.

Nous en étions là de nos conjectures lorsqu'un présentateur livide annonça qu'un troisième avion venait de s'écraser contre une façade du Pentagone à Washington. C'était une attaque de grande envergure. Nos correspondants sur place ne répondaient toujours pas. Les lignes étaient saturées : inutile de s'acharner.

À 9 h 58 heure locale, le sommet de la tour sud du World Trade Center s'affaissa sur lui-même ; d'abord lentement puis de plus en plus rapidement, étouffant le feu sur son passage. Une brume de béton envahit soudain Manhattan, tel un voile de ténèbres. Le présentateur, effaré, répéta alors plusieurs fois, comme une litanie, l'interjection typique américaine : « *Oh ! My God !* »

Avec ce cynisme dont il ne se départait jamais, Mazarev, derrière la masse compacte de la rédaction, me souffla :

— Je ne sais pas si ça sera bon pour l'humanité. Au moins, ça le sera pour la presse : nous allons beaucoup vendre avec une histoire pareille, tu verras. Et quand on sait qui dirige en ce moment l'Amérique, on peut s'assurer de rebondissements plus extravagants les uns que les autres. Sacré retour de bâton en tout cas : 11 septembre 1973, tu te souviens ?

— Tiens, je n'y avais pensé… C'est pourtant vrai.

— On paie toujours ses dettes, Pierre, même celles qu'on ne veut pas honorer. Là-haut, Il veille au grain. Oui, je sais ce que tu vas dire : le catholique provincial a la vie dure chez moi !

— Il a pourtant vu juste, le catholique bordelais, qui s'est fait autrefois piquer son bon mot par un certain ministre de la Culture. Si c'est un coup des islamistes, alors oui, vous aurez eu raison de dire que « le XXIe siècle sera mystique ou ne sera pas ». Dommage que personne ne sache que c'est de vous.

— Dommage que j'aie eu raison.

Le présentateur, toujours aussi désemparé, révélait à ce moment un quatrième crash, survenu dans une forêt de Pennsylvanie.

— Drôle d'endroit pour un attentat ! dit Mazarev. Il aura sans doute raté sa cible, conclut mon vieil ami.

— Si c'est le cas, je serai obligé de vous appeler « Prophète » ! répondis-je avant qu'il ne m'assomme par ceci :

— En tout cas, je n'avais pas prédit qu'un foutu cancer allait avoir ma peau… Ne fais pas cette tête, j'ai quatre-vingt-trois ans, c'est pas mal. Et depuis que Maryse est morte, je m'emmerde ferme sur Terre. Sans enfants, qu'est-ce que tu veux que je fiche ici ? Je venais te parler de ça. Pour ton maintien au journal, je ne peux rien faire : Retchild n'a toujours pas digéré que sa femme et moi ayons été amants, et c'est lui l'actionnaire principal.

En te saquant, il aura l'impression de se venger de moi, je le connais. Pour le reste, mon appartement parisien, la maison de Bretagne et ce que j'ai mis de côté, tout ça est à toi, Sylvia et les gosses. Vous avez été ma seule famille. Et surtout, pas d'effusions quand je serai mort ! Les enterrements avec ces gueules de travers qui se sentent obligées de pleurnicher bruyamment, non merci ! De toute façon, j'ai déjà pris mes dispositions. Mon notaire t'expliquera tout ça.

— Si je sais toujours lire entre les lignes, ça veut à peu près dire qu'il faut que je reçoive l'info, la digère et ne la commente pas. En d'autres termes, je n'ai pas le droit de pleurer avant et après l'heure, j'ai bien compris ?

— C'est à peu près ça… Regarde !

Mazarev pointait l'écran : la tour nord s'effondrait. Il était 10 h 28, heure new-yorkaise, un beau matin ensoleillé là-bas.

Trois mois plus tard, un peu avant Noël, Simon Mazarev décédait pendant son sommeil. Il était né le 11 novembre 1918, prédestiné aux grands événements. Et puisqu'il n'avait plus rien à voir avec ce monde, il le quitta au moment où l'humanité entrait violemment dans une ère sans frontières, sans identités, diluée dans une masse informe qu'on appellerait « mondialisation ».

Après les événements qui suivirent les attentats, poliment viré du journal comme Simon s'y attendait, je repris mon étude des *Vraies fables* (titre choisi par l'auteur auquel j'ai adjoint : *du conteur Lepeintre*), remettant à plus tard ma quête d'un nouvel emploi.

Chapitre 2 – Note sur la présente édition

J'ai retranscrit l'ensemble des nouvelles d'Hippolithe Lepeintre à l'identique des manuscrits originaux. Sans indication précise de l'auteur, leur ordre a été établi chronologiquement, depuis les Croisades jusqu'à la Première Guerre mondiale. Ceci semblait le mieux correspondre à ses souhaits de départ.

Les quelques remarques et références bibliographiques disséminées sur les manuscrits sont reproduites en notes de bas de page aux endroits du texte qui m'ont paru les plus pertinents, faute d'indications de Lepeintre. On sera étonné de leur faible nombre au regard de la considérable bibliothèque de l'auteur aujourd'hui conservée à l'abbaye de Saint-Adegrin. L'hypothèse la plus probable est qu'il envisageait d'établir une bibliographie et un ensemble de notes plus complets en fin d'ouvrage. Pour ma part, j'ai seulement lu les volumes cités. Il faudrait plusieurs années pour arriver à bout de la bibliothèque de Lepeintre. Avis aux amateurs !

Les notes portant la mention (N.D.A.) sont de ma main.

Entre les nouvelles, j'ai intercalé certaines lettres significatives adressées au moine Martin. Elles sont présentées elles aussi chronologiquement et montrent que

Lepeintre, tout en se plongeant dans le passé, n'a pu échapper à l'histoire de son temps, dont il a été parfois un témoin « privilégié ».

La correspondance complète écrite à son ami bénédictin est à ce point importante qu'elle nécessiterait une publication à part. À nouveau, je fais un appel du pied aux courageux chercheurs qui voudraient s'atteler à cette tâche !

Malgré sa discordance par rapport à l'ensemble, j'ai conservé le récit intitulé « Albert Masse », dont je doute – sans preuve, il est vrai – qu'il soit de la main de l'auteur. Seule nouvelle rédigée à la première personne, son style s'écarte en effet résolument du sien, plutôt académique. Je l'ai insérée en toute fin, ce qui correspond d'ailleurs à sa place chronologique.

Je soumets ainsi le fruit de mon travail avec toute l'humilité requise, souhaitant que la lecture de ces *Vraies fables du conteur Lepeintre* ravira le lecteur autant qu'elle m'a ravie, et qui, sans la curiosité de mon parent, dormiraient, abandonnées, au fond d'une abbaye.

Songez-y lorsque vous ferez le ménage dans les greniers de vos aïeux : une grande œuvre y sommeille peut-être dans une malle !

Je caresse malgré tout le secret espoir qu'Hippolithe Lepeintre ait menti et qu'un jour prochain ressurgissent les textes qu'il prétend avoir détruits… À moins que tout ceci soit une grande supercherie et qu'il n'ait rien écrit d'autre que ce qui va suivre. Ce serait une belle duperie, ne croyez-vous pas ?!

Enfin, ces fables sont-elles pure imagination ou

véridiques ? Ceci est un autre travail qu'il ne m'appartient pas d'effectuer : je suis à présent trop partie prenante dans cette affaire ! Tout de même, la récurrence de patronymes – dont certains volontairement modifiés par l'auteur – ainsi que l'entrecroisement de personnages ne laissent pas de m'étonner. L'Histoire serait-elle à ce point joueuse ?

Pierre Lacape

Je dédie ce livre à tous les « inventeurs » d'histoires…

Bien cher frère,

Dans votre précédent courrier, vous me demandiez l'avancement de mes travaux. La vérité, c'est que j'écris avec la hantise permanente de me fourvoyer. Ne serait-il pas préférable en effet de révéler les faits sans chimères narratives ? J'ai trente-trois cahiers couverts de notes, croquis, plans et photos. Il y aurait là-dedans de quoi renverser l'Histoire si j'habitais ailleurs que dans le pays des incrédules ! Bon, je ferai des contes, ça passera mieux. Quelle pitié que d'être forcé de mentir pour dire le vrai !

Las, je sais bien que c'est impossible. Lors de notre première rencontre à la bibliothèque de l'abbaye, vous-même, un savant homme, doutiez du bien-fondé de mes recherches. La tradition, frère Martin, voilà ce qui défigure l'Histoire. On la veut telle qu'elle nous paraît la plus appropriée à notre époque, sans hésiter à la tordre comme une barre de métal indocile au risque de la faire mentir. Voyez comme on a modelé Jeanne d'Arc sans souci de sa vraie vie !

J'ai arrêté un plan : je partirai de Clovis jusqu'à la dernière guerre, que nous rêvions tous naïvement être telle. La prochaine aura bien lieu, et avec quels dégâts ? L'acier va de nouveau régner sur les hommes du monde...

Je me concentrerai sur des secrets plus ou moins retentissants de l'Histoire de France et les déguiserai précautionneusement en fables qui formeront un ensemble chronologique cohérent.

Autre précaution, je maquillerai les noms de certains protagonistes afin de ne pas heurter leur descendance.

D'autant que des familles réapparaîtront çà et là, ce dont je fus fort surpris au cours de mes recherches. On dit que le monde est petit : l'Histoire le serait-elle aussi ?

Dans l'attente de vos nouvelles.

Amitiés sincères,

Hippolithe Lepeintre

Au frère Martin, de l'abbaye Saint-Adegrin-sur-Loire

Le 8 novembre 1939

Cher frère,

Sombre époque qui reprend le cours de ses affaires, interrompu il y a vingt et un ans. Nous voici de nouveau en guerre contre un barbare primitif qu'on croirait tout droit sorti de la Germanie antique. Au moins, Guillaume II avait de l'éducation. Celui-là précipitera notre monde dans les ténèbres si nous ne pouvons le vaincre. En attendant, il joue avec nos nerfs, et ne se décide pas à attaquer franchement. Quand il le fera, serons-nous en mesure de l'arrêter dans sa course, irrésistible jusqu'à présent ? Cette guerre sera une guerre d'extermination du genre humain. Oui, l'humanité risque cette fois sa survie.

J'ai beaucoup avancé dans mon travail et viens d'achever l'écriture de trois récits indissociablement liés. Le premier raconte la chute de Saint-Jean-d'Acre en 1291 ; le second, celle des Templiers ; le troisième – j'avoue avoir ici un peu extrapolé les faits à ma disposition – relate le voyage de templiers survivants de l'unique procès dont l'Ordre fut victime, partis mettre le Témoignage à l'abri dans le Nouveau Monde. Un personnage central lie ces histoires entre elles, le chevalier du Temple Pèregrin Fay, dont les quelques extraits retranscrits de ses Mémoires d'un homme sans ordre *(malheureusement disparus) m'ont été très précieux.*

Quel découragement de me dire qu'on pensera lire le seul fruit de mon imagination ! Quand comprendrons-nous que l'Histoire n'est pas un monolithe préhistorique qui a traversé les âges et nous est parvenu dans sa forme originelle ? L'Histoire bouge ; elle est aussi meuble que la terre d'un champ ! Nos savants n'y entendent rien : ils conservent une tradition poussiéreuse et deviennent féroces si l'on bouscule leurs certitudes. Ces gens-là sont encore persuadés que ce sont les fils d'une louve qui ont fait Rome, ma parole ! L'Histoire n'est pas un dogme ! Puisse ce siècle les éclairer...

En attendant, je construis des fables pour ne pas finir comme ce pauvre Millechais.

Je m'étonne de votre incrédulité à propos du Témoignage. Un serviteur de Dieu n'est-il pas, plus que quiconque, enclin à croire aux mystères ? Vous admettez bien l'Eucharistie ! C'est le mystère qui excite les imaginations : sinon, pourquoi Dieu ? Quant à votre question : quel serait-il ? Je l'ignore et me garderai bien de coucher mes hypothèses sur le papier. Pourtant, j'affirme qu'il existe et, n'était mon manque de courage pour l'aventure, je partirais à sa recherche.

J'aime l'hypothèse avancée par le chevalier La Raison : le Témoignage serait, selon ce fort peu orthodoxe personnage, une « clef de compréhension des desseins de Dieu ».

Amitiés sincères,
Hippolithe Lepeintre

Chapitre 3 – Les adieux au Levant[3]

Le soleil fuyait en occident, traçant dans son sillage une traînée pourpre sur la mer. L'astre paraissait ce soir plus lent que d'ordinaire à se coucher, semblant montrer aux Francs le chemin du retour chez eux, sous peine d'un avenir ensanglanté. La chute des chrétiens était-elle imminente ? se tourmentait le jeune baron normand Hubert de Taince, lorsqu'un rayon vert recouvrit l'eau rouge. « La couleur des mahométans », soupira-t-il, vaincu par cette vision prémonitoire. De la terrasse d'un palais du faubourg de Montmusart à Saint-Jean-d'Acre, le chevalier n'eut plus de doute : la Croix plierait sous le Croissant. Il croyait à ces signes, que sa nourrice lui avait appris jadis à reconnaître et interpréter.

Hubert combattait en Terre sainte depuis un an, dans une atmosphère crépusculaire de défaites qui se succédaient inlassablement. Pourtant, en ce jour de noces, il aurait dû être heureux en épousant Ludivine de Bellerive, fort belle et de noble lignage.

À cet instant, loin de l'allégresse attendue, il observait la ville serrée dans ses remparts, un monde qui allait disparaître, il n'en doutait plus.

---

[3] Le recueil ne débute donc pas au Ve siècle, au temps de Clovis, selon le projet initial de l'auteur, les récits antérieurs à la chute de Saint-Jean-d'Acre ayant « disparu ». (N.D.A.)

Ludivine s'approcha discrètement pour le surprendre, la tête voilée d'un tulle transparent sous lequel bruissait une chevelure noire. Hubert la saisit dans ses bras tandis qu'elle sentait son cœur battre à tout rompre :

— Que vous arrive-t-il, mon bien-aimé ?

— Je sens venir la fin de notre royaume. La trêve sera bientôt rompue. Le sultan Khalîl n'a pas la sagesse de son père, Qala'ûn. Il veut la guerre et parfaire l'œuvre inachevée de Saladin. D'Égypte, de Syrie et d'ailleurs, une armée se masse sous ses ordres, et nous ne sommes pas assez nombreux pour lui résister. Nos hommes sont fatigués. Notre arsenal est dérisoire... Peut-être est-il temps de partir.

— Mon seigneur, comment pouvez-vous concevoir pareille vilenie ?

— Je suis un soldat et ne puis me bercer d'illusions. La Providence nous a abandonnés. Quant aux souverains chrétiens, ils ne se soucient plus de la Terre du Christ, trop occupés par les querelles de pouvoir de leurs royaumes. Sans renforts, comment soutenir un siège ? Ludivine, vous partirez dès demain pour nos terres de Normandie : vous y serez bien accueillie par ma mère et ma sœur Hilduine, toutes deux veuves, et que votre présence égayera.

— En attendant que je partage leur sort à mon tour, Hubert ? Non, je ne quitterai pas Saint-Jean-d'Acre sans vous : je suis votre épouse devant Dieu à présent.

— Puisse-t-Il vous faire entendre raison.

— Nous vaincrons, le Tout-Puissant y pourvoira. Cette cité est pleine de cœurs vaillants.

— Ma Dame, regardez donc ces chétifs pèlerins qui ne connaissent que le travail des champs et dont la plupart n'ont jamais combattu. Quel que soit leur courage, ils ne résisteraient pas longtemps aux mamelouks aguerris de Khalîl.

— Ils sont soutenus par la foi, qui confondra nos ennemis.

— En effet, ils sont seulement armés de leur excessive foi et des préjugés d'Europe. Ils sont indisciplinés et ne comprennent rien à la trêve avec les mahométans. À tout moment, leurs actes fous peuvent nous précipiter dans l'abîme. D'où l'interdiction qui leur a été faite de quitter la ville. Notre ennemi, par contre, sait se faire obéir de ses guerriers, à lui dévoués jusqu'à la mort. Il a de plus en sa possession des machines infernales capables de venir à bout de la plus solide muraille : de grandes bouches d'acier crachant un feu d'enfer ; des arbalètes géantes projetant des flèches capables de fendre un cavalier et sa monture en deux ; des catapultes lançant de dévastateurs feux grégeois à plusieurs lieues ! Ce serait folie de croire que nous pourrons l'emporter. Enfin, douce Ludivine, il a lui aussi un dieu pour le guider. Un dieu qui règle sa vie dans les moindres détails sans laisser de place au vide, le pire ennemi de l'homme.

— Nos templiers, que nos ennemis préfèrent tuer plutôt que de les faire prisonniers, tant ils les craignent ; ceux-là briseront les barbares infidèles !

— Nos templiers sont épuisés.

Apparut un personnage d'imposante carrure et d'âge mûr, la barbe et le cheveu longs tandis que le sommet de son crâne était entièrement dégarni. Hubert le salua avec une déférence non feinte. L'homme lui tapa amicalement l'épaule et salua à son tour son épouse :

— J'admirais avec émerveillement ce ciel étoilé à nul autre pareil lorsque je vous ai entendus si tristement converser un soir de noces. Dame Ludivine, je loue votre optimisme. Hélas, ainsi que votre époux, je crains de vivre les derniers jours du royaume chrétien d'Orient si chèrement acquis par nos ancêtres, à commencer par votre glorieux aïeul, Malivard de Bellerive, dont le puissant Vieux de la Montagne respectait tant le courage, l'érudition et la sagesse qu'il lui laissa jadis la vie sauve et le libéra sans demander de rançon après une nuit passée à converser à ses côtés[4].

— Seigneur Guillaume, vous, le maître de l'ordre du Temple, plus que tout autre, devez croire en la victoire, qui sera celle de notre Seigneur !

— Je ne suis maître que d'un ordre, jeune baronne, pas du monde. Le monde obéit aux seuls desseins de Dieu qui sont là pour éprouver chaque jour notre foi. Si celle-ci n'est pas à la mesure de ce qu'Il attend, alors nous devrons en payer le prix.

— Dieu ne saurait nous préférer ces barbares mécréants et cruels !

— Nous aussi avons les mains rouges du sang de nos ennemis. N'oubliez jamais que les desseins de Dieu sont impénétrables aux mortels. Quoi qu'il en soit, nous combattrons, et nous le ferons avec cœur... Mais sont-ce

---

[4] In *Les seigneurs de Bellerive*, Théophile Kass, éditions du Capitaine, Paris, 1872.

là des conversations de jeunes mariés un soir de noces ? Retournez plutôt vous divertir ; je vous l'ordonne affectueusement !

Les deux époux obéirent en s'inclinant. En descendant dans la salle des réjouissances, ils croisèrent un autre dignitaire de la cité franque, Jean de Villiers, grand maître de l'ordre des Hospitaliers, qui rejoignait son homologue :

— Jean de Villiers ! Toi aussi tu fuis l'agitation de la fête ?

— Nos âges et nos fonctions nous ont définitivement éloignés de ces plaisirs futiles, Guillaume de Beaujeu.

— Plaisirs qui cachent à ces âmes innocentes l'orage à venir… Khalîl prépare une offensive de grande ampleur : il ne lui manque plus qu'un prétexte pour rompre la trêve. Il finira bien par le trouver. Autant que la jeunesse danse cette nuit. Demain, ils seront peut-être morts ou, pire, esclaves.

— Les derniers messagers parlent de deux cent mille hommes à l'est, je venais t'en informer, puisque tu n'étais pas au conseil. Il semblerait que l'Islam entier veuille en découdre avec nous.

— Ce ne sont pas les mamelouks de Khalîl que je crains : ces murailles ont fait la preuve de leur solidité par le passé et peuvent tenir un long siège. Ce sont leurs nouvelles machines qui m'inquiètent. On les dit dévastatrices. Elles nous massacreront.

— Quoi qu'il advienne, nous, les Hospitaliers, sommes prêts au sacrifice. Et vous ?

— A-t-on jamais vu un templier se dérober à son devoir, si périlleux fût-il ? Nous combattrons ensemble l'ennemi et promettons de taire nos querelles privées. Réconcilions-nous donc dès à présent, Jean.

— Voici ma main, Guillaume, elle t'est acquise.

Les deux chefs s'étreignirent amicalement sous les myriades tranquilles d'étoiles, pendant que parvenaient du dessous les bruits coutumiers d'une fête de noces. C'était le 10 mars 1291.

Trois jours plus tard, une caravane de paysans musulmans entrait dans Saint-Jean-d'Acre par la porte Saint-Lazare. Ils venaient vendre le produit de leurs récoltes, ainsi qu'ils le faisaient depuis presque deux siècles que les Francs occupaient la Terre sainte.

Soudain, des pèlerins fraîchement arrivés, enragés par la présence de ces infidèles si bien accueillis par la population, provoquèrent le destin en se ruant sur eux et les égorgeant jusqu'au dernier avec une délectation fanatique.

Galvanisés par ce qu'ils croyaient être une grande victoire sur l'ennemi, ils se précipitèrent subséquemment dans le bazar de la ville, tuèrent les marchands mahométans – ou présumés tels – qui y vivaient. Étals et tentures se couvrirent du sang des victimes, dont certaines juives et chrétiennes, mais à la physionomie orientale coupable.

La trêve ne résisterait pas à ce crime, déplora Guillaume de Beaujeu, venu constater l'horreur du drame. Il enragea à son tour.

Le jour même, dans la citadelle templière à la pointe sud de la cité, les principaux responsables francs se réunirent en catastrophe autour d'une imposante table ovale au centre de laquelle on lisait la sentence latine gravée dans le bois « *Quia vidi Dominum, et haec dixit mihi* » : « J'ai vu le Seigneur, et voici ce qu'il m'a dit », parole de Marie-Madeleine prononcée après sa rencontre avec le Christ ressuscité.

Les mines des protagonistes étaient sombres. Les Francs alignaient environ 20 000 soldats quand les Arabes en comptaient dix fois plus, dont soixante mille cavaliers entraînés à résister au soleil du désert. Il fallait prévenir la catastrophe, si cela se pouvait encore.

— Je propose de dépêcher une délégation pour rendre compte des événements au sultan Khalîl et lui présenter nos humbles excuses. Ainsi, il constatera notre bonne foi et ne rompra sans doute pas la trêve.

— Notre bonne foi, seigneur Yvain de Razat ? railla Gillard de Tréhorenteuc, noble de Bretagne. Il n'attendait qu'une maigre raison pour attaquer et nous lui en avons fourni une au-delà de ses espérances ! Nous sommes condamnés à nous battre. Quant à lui rendre compte, ses espions l'auront déjà informé !

— Je propose à mon tour, toujours en signe de « bonne foi », d'exécuter les coupables publiquement afin d'éviter la contagion et pour prix de leurs crimes !

— Guillaume de Beaujeu, vous n'y pensez pas : ils sont chrétiens !

— Des chrétiens qui nous coûteront le royaume et nos vies ! répondit vivement le templier Jacques de Molay, promis à un autre sort que celui de mourir à Saint-Jean-d'Acre. Je réclame, comme mon Maître, la tête de ces fous de Dieu !

— Hors de question ! cria Jean de Villiers. Je te suivrai au combat, Guillaume, pas dans l'hérésie !

— Avez-vous la moindre idée de ce qui nous attend ? Si Khalîl et son armée attaquent la cité, nous sommes perdus !

— Ce ne serait pas vous, Guillaume de Beaujeu, je jurerais que vous avez peur de vous battre !

— Yvain de Razat, muselez donc votre arrogance : nous verrons bientôt qui de nous deux aura le plus peur !

— Messieurs ! Nous ne sommes pas là pour nous quereller, mais pour éviter le pire, trancha un certain Ballin de Breuil.

— Le pire, nous ne l'empêcherons qu'en châtiant les responsables de cet attentat ! renchérit Guillaume de Beaujeu.

— Non ! protestèrent à nouveau des voix de toute part.

Beaujeu et Molay échangèrent un regard de résignation : il fallait se préparer à la bataille et en même temps à la débâcle. On décida piètrement que des ambassadeurs iraient à la rencontre du sultan.

Déjà informé des événements de Saint-Jean-d'Acre, comme l'avait prédit le baron Gillard de Tréhorenteuc, le sultan exigea à son tour l'exécution des coupables. Face au refus des Croisés, il déclara la trêve rompue. Une seconde délégation, chargée de présents destinés à tempérer la colère du mahométan, fut retenue prisonnière. Le mamelouk Al-Achraf Khalîl mit sa puissante armée en ordre de marche. Saint-Jean-d'Acre serait assiégé.

Hospitaliers et templiers organisèrent les défenses en conséquence.

Le 5 avril de l'an du Seigneur 1291, une centaine de catapultes, des mangonneaux et d'ahurissantes tours de siège précédèrent une gigantesque nuée de guerriers à pied et à cheval. Conduisant cette ténébreuse armée entourée d'un halo de poussière et dont on ne distinguait pas les derniers rangs, Khalîl avançait au pas sur un pur-sang noir dont la robe irradiait au soleil. Ses yeux plus noirs que la crinière de sa monture attestaient sa détermination à en finir avec la Croix de ce côté de la Terre.

Sur sa route, il massacra impitoyablement les chrétiens qui n'avaient pas eu le temps ou la prudence de s'abriter derrière les remparts de la ville. Du haut de la citadelle templière, Guillaume de Beaujeu, Jacques de Molay et Hubert de Taince aperçurent les quatre catapultes géantes qui se déplaçaient à la manière de scorpions. Les murailles ne résisteraient pas à une telle puissance, affirma le Maître. L'ennemi mettait toutes ses forces dans la bataille, prêt à se battre jusqu'au dernier souffle de son dernier guerrier. Khalîl se souciait fort peu de ses pertes, pourvu que le but fixé fût atteint : la victoire du Croissant.

Vers la fin de l'après-midi, une pluie de projectiles incandescents s'abattit sur la dernière cité franque de Terre sainte. Les habitants, par centaines, périrent écrasés ou brûlés. La lutte était inégale.

Des nuées de flèches incendiaires allumaient des foyers un peu partout dans la place forte, pendant que les titanesques catapultes éprouvaient inlassablement les tours de guet pour en venir à bout. Répondant à ce déluge irrésistible, les archers, dispersés sur les remparts, abattaient vaillamment autant d'assaillants qu'il était possible, embrasaient les tours de siège qui s'approchaient trop dangereusement. À la nuit tombée, les flammes éclairèrent les faces déformées par la rage guerrière des combattants de part et d'autre.

C'était, pourvu qu'on n'entendît pas les hurlements de colère et de douleur mêlées, un sublime tableau que cette bataille !

Dix jours plus tard, Guillaume de Beaujeu, désigné chef des armées, fit une sortie à cheval. Avec ses chevaliers, il parvint à dérouter les avant-postes de l'ennemi, mais sa mission échoua : incendier les catapultes géantes. Il fit une seconde tentative qui se solda, elle aussi, par un échec. Le 5 mai, débarquant de Chypre, Henri II de Lusignan vint prêter main-forte aux assiégés. Hélas, le rapport des forces était à ce point inégal que cela n'infléchirait pas la fatalité : les Francs seraient vaincus.

Des bombes révolutionnaires furent enfin disposées contre les remparts, ouvrant des brèches par lesquelles les mamelouks s'engouffrèrent, sabrant indifféremment civils et militaires. Du côté de la porte Saint-Antoine, qu'il défendait avec l'ardeur d'un désespéré, Guillaume de Beaujeu reçut une flèche mortelle. On le transporta à l'abri des combats, tandis qu'il répondait superbement aux soupçonneux qui l'accusaient de fuir : « Je m'en vais mourir ! »

À son chevet, il s'entretint en secret avec Jacques de Molay, lui commandant de prendre tel navire en partance pour l'Europe, accompagné d'un jeune chevalier de l'Ordre, proche du Maître défunt : Pèregrin Fay.

Puis il rendit l'âme[5].

À la disparition de leur chef, le découragement des assiégés fut au comble. La porte finit par céder. Les mamelouks avaient gagné. Du port, les vaincus fuyaient en désordre. Des navires surchargés coulaient au large. Le royaume latin de Jérusalem brûlait sur terre et se noyait en mer.

Hubert de Taince et son épouse, accompagnant Jacques de Molay, Pèregrin Fay et leur mystérieuse cargaison, regardèrent disparaître sous leurs yeux en larmes la Terre sainte, maudissant le sultan Khalîl et ses armées. C'en était fini des Croisades. Ce territoire revenait dans le giron de l'Islam, pour longtemps… peut-être pour toujours.

Les quatre s'attardèrent quelques semaines à Chypre avant de rejoindre la France. Là, les époux abandonnèrent les deux templiers à leur tragique et légendaire destinée, dont ils ne pouvaient encore rien soupçonner. Escortés par des chevaliers de l'Ordre venus les accueillir, Molay et Fay emportèrent trois coffres de fer scellés dont on ne sut jamais ce qu'ils contenaient.

Dans leur fief de Normandie, Ludivine et Hubert de Taince fondèrent une famille, presque entièrement décimée pendant la peste noire. Ce mal venu d'Orient

---

5 In Gaspard Colin, *Souvenance de l'ordre martyr*, Pierre Labourue, Paris, 1527, Bibliothèque du château de Lys-la-Vallée. D'après Pèregrin Fay, *Mémoires d'un homme sans Ordre*.

retentirait parmi les esprits fragiles comme la colère divine contre la chrétienté. Ce serait, proclameraient-ils, le châtiment de Dieu pour avoir abandonné le tombeau du Christ aux infidèles.

Chapitre 4 – « N'ai adroite cage »[6]

« *P*ape Clément, j'en appelle de nouveau à Votre Sainteté pour intercéder en faveur de l'Ordre qui, malgré vos bulles protectrices, continue d'être la proie de sombres comploteurs au royaume de France. Trompé par ceux-là qui attentèrent jadis à la dignité de votre glorieux prédécesseur Boniface VIII, le roi Philippe IV formule des reproches infondés contre l'Ordre et excite la population, autrefois déférente, à nous rudoyer. Il met par ailleurs en grand danger la sainte charge qui nous incombe.*

J'ai combattu les redoutables guerriers du sultan Khalîl aux côtés de l'illustre Guillaume de Beaujeu pour la seule gloire de Notre Seigneur Jésus-Christ, et jamais je n'ai fléchi dans ma piété, ainsi que mes frères. Soupçonner l'Ordre de simonie ou, pire, de commerce avec le malin, ce ne sont là qu'affreuses calomnies destinées à nous perdre. Vous êtes le vicaire du Christ : Sa voix sur Terre. Infléchissez la volonté de Sa Majesté très chrétienne, mal inspirée par son diabolique garde du sceau.

Je n'ai jamais rencontré plus sournois ni plus redoutable ennemi de l'Ordre que ce Guillaume de Nogaret, fils d'hérétiques cathares, et qui ne fait pas mystère de sa haine rancunière de l'Église, dont il s'ingénie à frapper les plus nobles représentants.

Je m'en suis plaint au roi. Hélas, il a toute sa confiance.

---

[6] Voir Gaspard Colin, op.cit.

Votre Sainteté, je pressens des périls prompts à détruire non seulement l'Ordre, mais encore l'Église si nous n'y prenons garde. Aujourd'hui les Templiers ; demain la papauté !

Je crois désormais urgent de mettre le Témoignage à l'abri des convoitises humaines, là où un ingénieur byzantin, aujourd'hui mort, a conçu pour lui une machinerie extraordinaire et inviolable, jusqu'à l'heure de la Révélation. Il ne doit pas sombrer en de mauvaises mains. Vous seul avez le pouvoir d'ordonner son départ. Dans l'attente de votre accord, nous nous tenons prêts.

Que Dieu vous guide.

Jacques de Molay, Maître de l'ordre du Temple, par la volonté du Très-Haut. »

Pèregrin Fay, le « meilleur chevalier du Temple » selon ses frères, prit la lettre que lui tendait le vingt-troisième Maître de l'Ordre. La force du soldat émanait encore de sa personne, malgré son âge avancé. Cependant, une inquiétude, qu'il ne pouvait dissimuler à Pèregrin, lui ridait le visage plus que d'ordinaire. Jacques de Molay, comme il venait de l'écrire au pape, nourrissait de fortes présomptions de complot contre les Templiers. Son entretien de la veille avec le roi de France, Philippe IV le Bel, ne l'en avait pas dissuadé.

Ce prince orgueilleux craignait le pouvoir du Temple, sur lequel il n'avait pas prise, et, conséquence inévitable, le haïssait.

Cette haine inexpugnable était savamment entretenue par des sujets habiles : les Templiers constituaient un affront à sa souveraineté et à la pauvreté de son royaume.

Le chef d'orchestre du drame qui se jouait contre l'ordre du Temple s'appelait Guillaume de Nogaret. Molay savait ce qu'il en coûtait d'être pris dans ses griffes : les Juifs du royaume venaient d'en faire les frais. Cet homme ne craignait même pas Dieu, ce qui lui avait valu autrefois, après l'agression du pape Boniface VIII, une excommunication dont il exigeait maintenant qu'elle soit cassée.

L'esprit toujours en éveil, on racontait que même en dormant il réfléchissait à haute et distincte voix. Pour atteindre son but, il déployait une volonté sans faille. Et, puisqu'en qualité de dignitaire de la Couronne il ne pouvait s'exposer à de viles tâches, il avait son homme des basses œuvres : Abiecte Vilesprit.

Imaginez un individu râblé, la dentition acérée et noirâtre, l'œil fuyant, capable de jurer le pire sur ses propres enfants, d'en apporter la preuve de surcroît, contre monnaie sonnante et trébuchante ; amateur de plaisirs criminels avec de fort jeunes filles, « petit péché » que son maître lui pardonnait aisément, car il était son plus zélé serviteur. Enfin, sa laideur repoussante avait quelque chose d'effroyable en ce sens qu'elle peignait exactement sur ce visage abominable l'immoralité qui l'animait.

En ce moment, Vilesprit, la tête basse et pénétrée des paroles de son maître, écoutait Guillaume de Nogaret pérorer contre les « suceurs démoniaques du sang de la France », autrement dit les Templiers.

L'année précédente, Nogaret s'était illustré dans sa chasse aux « hérétiques » – un comble étant donné l'orientation spirituelle de ses parents ! – en arrêtant les Juifs du royaume, confisquant leurs biens pour les expulser ensuite, après avoir accompli des coupes franches dans leurs rangs !

En effet, le 21 juillet 1306, muni d'une ordonnance royale qu'il avait rédigée et fait agréer par Philippe le Bel, il avait supervisé lui-même les arrestations, s'enrichissant au passage considérablement en se substituant aux prêteurs juifs auprès de leurs débiteurs. Il s'était en quelque sorte fait la main, préparant un coup plus retentissant : la chute de l'ordre de chevalerie croisée le plus respecté et craint de l'époque. Ses efforts allaient être bientôt récompensés, aidés en cela par la rancœur du roi.

En refusant quelques années plus tôt d'adopter le dessein royal de réunir tous les ordres en un seul, à la tête duquel le souverain marcherait vers la Terre sainte perdue en 1291, Jacques de Molay avait dirigé l'insatiable colère du roi contre les Templiers. Colère régulièrement entretenue par Nogaret comme un feu prêt à repartir. Tout lui était bon pour parvenir à ses inavouables fins.

Afin de mettre toutes les chances de son côté, il avait commandé à Vilesprit d'intercepter les lettres envoyées par le Maître ou adressées à ce dernier, pour y accumuler des preuves à charge qu'il exhiberait ensuite sous les yeux du roi.

Alarmé, Jacques de Molay, dont plusieurs de ses coursiers avaient été récemment assassinés, confiait à présent cette tâche à des templiers aguerris au combat. Les lettres parvenaient désormais à passer à travers les mailles pourtant serrées du filet de Nogaret qui distillait, dans le même temps, des accusations calomnieuses contre les Templiers parmi le peuple afin de s'assurer son adhésion le temps venu.

Quelques jours plus tôt, le conseiller royal s'était entretenu avec son homme de main avant de l'envoyer à Poitiers, où résidait le Maître, afin de l'espionner :

— Nous devons confondre le Temple, Vilesprit, et protéger le royaume de ces dangereux sectateurs aux mœurs dissolues. C'est notre devoir sacré ! Si nous n'y prenons garde, ils nous posséderont tous avec leur trésor amassé trompeusement. Poursuivez votre tâche avec le plus grand zèle et rapportez-moi d'autres preuves : ce n'est pas assez ! Entourez-vous d'une troupe plus importante s'il le faut. Tranchez, égorgez, incendiez, pourvu que j'obtienne ce que je veux ! Servez mes desseins et je vous récompenserai au-delà de votre imagination !

— Monseigneur, je ne poursuis que le but de vous servir, répondit l'autre servilement, sans confesser que son imagination était sans bornes.

— Bientôt, ces diaboliques Templiers, qui font mieux l'or qu'un alchimiste, répondront de leurs crimes, j'en fais le serment ! Tout ce que nous avons pour l'instant, ce sont des lettres plaintives de Molay. Il nous faut plus : c'est impératif pour vaincre notre ennemi.

— Certainement, Maître, même si, pour cela, je dois y perdre mon âme, répondit en souriant horriblement celui qui n'en avait sans doute déjà plus.

Une semaine après cet entretien ténébreux, dans le baptistère Saint-Jean de Poitiers, édifié par saint Hilaire dans les années 360, le Maître priait seul. Il pressentait un drame imminent, implorant son Créateur de lui apporter assistance.

Jacques de Molay faisait depuis peu un rêve récurrent : il avançait assoiffé dans le désert quand soudain une coupe pleine d'une eau limpide lui apparaissait, flottant au-dessus du sable. Lorsqu'il tentait de la prendre, elle se brisait et son contenu se répandait en s'enflammant. Le sable alors fondu se transformait en verre dans lequel Molay apercevait son reflet incandescent, hideusement rongé par le feu. Puis il se réveillait. Présage ou manifestation d'un esprit tourmenté, l'avenir le lui révélerait…

S'acquittant scrupuleusement de sa mission, Pèregrin galopait à toute bride vers Toulouse où le pape Clément V et sa cour résidaient temporairement, peu soucieux de rallier le chaos de Rome. La cité de saint Pierre avait en effet perdu sa gloire antique et n'en était pas encore au temps de sa splendeur renaissante.

Pour sa course, le moine-chevalier s'était armé en conséquence. Car en ces temps incertains régnaient la rapine et le meurtre sur les routes. Sa cape blanche, ceinte de la croix pattée rouge reconnaissable, était dissimulée sous une longue robe de bure. Sa vue l'aurait trop exposé : depuis la chute du royaume latin de Jérusalem, la population, affamée par ces années répétées de disette, reprochait aux Templiers leurs richesses à présent inutiles puisqu'ils ne combattaient plus pour le Christ… croyaient-ils.

Certains audacieux attaquaient parfois les membres de

l'Ordre, soit pour les châtier de leur défaite en Terre sainte ; soit pour les délester de leur « fortune », qui se résumait souvent en une maigre bourse. Si quelques chevaliers périssaient dans de lâches embuscades, combien d'entre leurs agresseurs étaient écharpés et devenaient des repas de choix pour les meutes de loups qui rôdaient alors ! Les plus redoutables guerriers de la Chrétienté n'usurpaient pas leur réputation.

Il avait plu abondamment et les routes boueuses rendirent le trajet laborieux. Pèregrin parvint toutefois, après quelques jours et une escarmouche, aux portes de Toulouse. Il dut son accrochage à Vilesprit qui, accompagné d'une poignée de sicaires, avait suivi le messager du Maître depuis Poitiers. La plupart de ses hommes périrent sous les coups imparables du templier : pas lui.

Parvenu au pied de la résidence épiscopale où le pape avait installé ses quartiers, Pèregrin demanda audience à Clément V pour « urgente affaire ». Reçu, il s'inclina dévotement, embrassa du bout des lèvres l'anneau papal, tendit enfin la lettre du Maître au chef de l'Église d'Occident.

Le souverain pontife, ardemment soutenu par le roi de France dans son élection, ne dissimula pas son malaise en lisant la supplique de Jacques de Molay : l'Ordre suscitait beaucoup de troubles dans la Chrétienté, à commencer par la cour pontificale. Dépendant de sa seule autorité, le pape avait le devoir de le protéger. Clément V se sentait tiraillé.

Pèregrin le remarqua.

— Hélas, nous soupçonnons le roi Philippe très hostile depuis le refus par le Maître de constituer un ordre unique. Cela l'a fort courroucé : c'est un homme ombrageux, conseillé par le belliqueux Guillaume de Nogaret. Pour autant, nous n'avons pu deviner ses intentions exactes vous concernant. Nous préconisons que vous vous teniez sur vos gardes et tâchiez de recouvrer sa mansuétude. Chevalier Fay, votre ordre a été choisi par le Très-Haut et, quels que soient Ses desseins, n'oubliez pas qu'ils répondent à un schéma immense et cohérent. Dites ainsi à messire de Molay que nous le visiterons prochainement. À propos de certaine affaire cruciale, nos directives se trouvent dans cette lettre que vous lui remettrez… Ah, c'est pitié que des chrétiens s'entre-déchirent pour de viles raisons ! Que n'ont-ils eu autant d'ardeur sur la Terre de Notre Seigneur !? Elle serait toujours entre nos mains à ce jour.

— Saint-Père, nous avons combattu au-delà de nos forces !

— Nous connaissons cela. Nous songeons plutôt à ces seigneurs qui semblaient bien plus occupés par leurs terres que par le salut de leur âme. Le Croissant put ainsi jeter son ombre sur le royaume de Jérusalem. Injustement, c'est sur vous, fidèles chevaliers du Christ, que retombe l'opprobre de la défaite, augmenté par les jalousies de votre or.

— Saint-Père, je jure sur la Sainte Croix qu'on s'imagine notre richesse bien plus grande qu'elle n'est en réalité. Et nous aidons les nécessiteux bien plus généreusement que nos détracteurs peu miséricordieux.

Des envieux distillent de terribles calomnies parmi la population qui nous tient injustement en grande haine.

— Les temps sont troublés… Allez dire à Jacques de Molay que nous le savons dévoué à l'Église de Notre Seigneur et que seule la vérité nous importe. Renouvelez-lui notre confiance et surtout, gardez-vous de perdre la lettre : cela aurait des conséquences tragiques !

— J'y veillerai au péril de ma vie, Votre Sainteté.

— Souvenez-vous, chevalier Fay : la vérité des hommes n'est pas celle de Dieu. Que pèse une vie sur Terre au regard de l'éternité promise par le Tout-Puissant, si nous agissons conformément à Sa Loi ? Au Jugement dernier, toutes les âmes seront pesées. Alors seront démasqués les vrais coupables !

— L'âme de Guillaume de Nogaret pèsera donc au moins aussi lourd que son influence sur le roi Philippe.

Le pape Clément sourit au trait d'esprit du templier et l'invita à prier à ses côtés dans une chapelle romane où régnait une suave odeur d'encens, pareille à une église de Saint-Jean-d'Acre où le chevalier se recueillait autrefois. Combien étaient loin les temps héroïques lorsque, aux côtés de ses frères, Pèregrin luttait avec la ferveur de sa jeunesse ! Quelle que fût l'âpreté des combats, elle valait mieux que ces complots politiques non moins meurtriers, ourdis à présent contre l'Ordre. Là-bas, au moins, l'ennemi se déclarait ouvertement.

Après deux jours passés à la cour papale, Pèregrin rentra à Poitiers. Pendant son voyage de retour, une seconde embuscade le surprit qui faillit avoir raison de lui, n'était sa dextérité au maniement des armes. Avec sa suite, Vilesprit périt enfin sous le fer du templier. Il avait une descendance : elle se multiplia à sa propre image, c'est-à-dire aussi affreusement que lui... si cela se pouvait.

La lettre du pape arriva donc à bonne destination, tandis qu'entre les mains de Nogaret elle eût changé l'Histoire. Que contenait-elle ? Nul ne le sut jamais exactement, Clément V et le Maître ayant disparu sans y faire la moindre allusion.

Trois jours plus tard, des dignitaires de l'Ordre rejoignirent Jacques de Molay à Poitiers sur sa demande expresse. Après s'être entretenu à huis clos avec eux, il leur remit les trois coffres renfermant le Témoignage, qu'ils achemineraient jusqu'à sa nouvelle demeure, sur une île au large des côtes de l'actuel état du Maine, aux États-Unis, croit-on savoir[7]. Aucune découverte n'a permis à ce jour d'exhumer le plus petit indice ; étant entendu que la région compte beaucoup d'îles et îlots disséminés le long de la côte[8].

Longtemps après la dissolution de l'ordre, Pèregrin consigna dans ses souvenirs qu'il s'agissait d'une « merveille » exhumée des sables d'Orient que le Maître lui avait laissé entrevoir une fois. Il n'en confia pas plus. Hélas, le manuscrit unique de ses souvenirs périt en 1794 dans l'incendie du château de La Turmelière par les colonnes infernales révolutionnaires. De rares lecteurs,

---

[7] In *Les Templiers, choisis de Dieu,* Le chevalier La Raison, Rodenbach de Bruges éditeur, 1783.
[8] In *Les mystères de l'Ordre perdu*, Collectif, Presses d'Antan, Paris, 1919.

l'ayant consulté au cours des siècles précédant sa destruction, propagèrent une légende selon laquelle les chevaliers du Temple détenaient le Graal ou l'Arche d'alliance, selon les versions colportées. Ces récits donnèrent naissance au mythe du trésor légendaire des Templiers.

Ce que l'on peut aujourd'hui affirmer sans se compromettre, c'est que ces trois coffres renfermaient un bien d'une immense valeur pour l'entourer d'autant de précautions et le dissimuler si habilement au monde jusqu'à ce jour.

Revenons à notre narration. Après maintes péripéties, les Templiers furent arrêtés le vendredi 13 octobre 1307 sur ordre du roi Philippe le Bel, date devenue depuis lors la fête des superstitieux !

Il y eut un long et retentissant procès, avec force rebondissements, orchestré par l'implacable Guillaume de Nogaret, qui mourut avant d'en voir la fin. On proféra contre eux des accusations absurdes et produisit des aveux obtenus par l'intimidation et la torture. Beaucoup trahirent ainsi l'Ordre, à commencer par le pape Clément V qui, vraisemblablement, l'aurait sacrifié pour donner le change au roi et protéger ainsi le secret du Témoignage… Ceci n'est qu'une supposition !

Le 18 mars 1314, à la nuit tombée, Jacques de Molay et Geoffroy de Charney, commandeur de Normandie, périrent par le bûcher, sur l'île des Javiaux – à l'actuel extrême ouest de l'île de la Cité à Paris. Sur cet emplacement, un roi chevauche à présent sa monture pour l'éternité, autre martyr de la politique : Henri IV.

Pèregrin, évadé un an plus tôt des geôles du roi de France, vint assister au supplice du Maître[9]. Pourtant dissimulé sous une épaisse robe de bure, Jacques de Molay le reconnut avant de monter au bûcher. Il lui adressa un remerciement discret pour son courage à braver les autorités royales et son indéfectible fidélité.

Philippe le Bel et sa cour jouirent de l'horrible spectacle, augmenté par les hurlements avides de la populace, hurlant : « À mort ! » Certains, dont Pèregrin, prièrent en demandant pardon à Dieu d'un tel crime. Les plus fidèles soldats du Christ périrent ainsi par la main d'autres chrétiens, tandis que les Sarrasins, leurs plus farouches ennemis, ne les avaient jamais traités avec autant de cruel mépris.

Dans ses mémoires, Pèregrin ne relata pas la mort du Maître telle qu'elle est aujourd'hui communément admise. La volonté de ne pas rapporter l'imprécation de son maître contre ses bourreaux était peut-être, pour Pèregrin, une manière de l'élever au-dessus des hommes dans une sainte résignation à la mort.

Ainsi, Jacques de Molay aurait prononcé cette phrase en priant : « N'ai adroite cage, dit l'ange étrange, pour m'empêcher le chemin vers Dieu. » Phrase tellement

---

[9] In François Chevalier-Poisson, *Fantaisies de France*, Charretier éditeur, Paris, 1764. D'après Pèregrin Fay, *Mémoires d'un homme sans Ordre*.
C'est lors d'un séjour au château de La Turmelière, chez le marquis de La Bourdonnaye, que Poisson eut connaissance du texte de Fay. Pour l'anecdote, la famille Poisson compta parmi ses membres une fameuse personne, Jeanne, plus connue sous le nom de marquise de Pompadour, maîtresse et tendre amie du roi de France Louis XV.

impénétrable que l'Histoire ne s'en souvient pas.

Pèregrin voyagea ; découvrit ces étranges mausolées de rois égyptiens qu'on appelait des pyramides ; entra à Jérusalem ; suivit les caravanes jusqu'aux confins de l'Asie, rallia une île mystérieuse dont il ne dit pas grand-chose, et revint finalement en France où il se consacra à l'étude. Sous le règne de Philippe VI le Catholique, alors vieillissant, il vint se recueillir à l'endroit même où, des années plus tôt, se dressait le terrible bûcher.

— Ce crime ne plaît pas à Dieu. L'Ordre était pieux. Nous en paierons le prix, prophétisa-t-il.

Nous étions au début de l'année 1348. Quelques mois plus tard, la peste noire entrait dans Paris. Pèregrin Fay, chevalier de l'ordre du Temple, la contracta et mourut chez lui, à l'âge honorable de soixante-dix-sept ans, dans son paisible village de Versailles.

Au frère Martin, de l'abbaye Saint-Adegrin-sur-Loire
Le 15 août 1940,

Frère,

Depuis quelques semaines, je me suis réfugié à Sarzeau, chez ma marraine. Recevrez-vous ma lettre ? Rien n'est moins sûr. Les communications du pays sont dans un tel état !

Pour la première fois de ma vie, j'ai rencontré physiquement l'horreur ! Oh, j'avais bien imaginé les souffrances de ma famille qui se noyait dans ce wagon de train coulant dans la rivière, mais je ne pouvais précisément qu'imaginer, sans avoir été témoin de leur drame. Se figurer et voir un événement ce sont deux mondes, frère Martin. Je viens ainsi d'en faire l'expérience.

Je ne saurais vous décrire avec la froide exactitude du rapporteur ce que j'ai vu en fuyant sur les routes parmi ces pauvres gens, mais je vais tenter de vous relater les événements dont j'ai été le malheureux témoin.

Il pleuvait des bombes sous un soleil de plomb ! Des sirènes stridentes envahissaient nos têtes pour nous prévenir épouvantablement et cyniquement que nous allions mourir !

Maudite soit cette Allemagne et maudit soit Napoléon d'avoir réveillé leur conscience nationale ! Nous la voyons maintenant dans toute son abomination, cette Germanie régénérée !

À cause d'elle, j'ai éprouvé l'instinct de survie et laissé mourir un blessé, fauché par une rafale de mitrailleuses, le bas du corps émietté sur la route. Sur le moment, préoccupé de moi-même, j'ai regardé, à l'abri dans un fossé, cet homme râler, soulagé de ne pas être à sa place, tandis que j'aurais pu lui tenir la main et alléger sa peur par quelque parole réconfortante. Le pieux homme que vous êtes serait en droit de m'en tenir rigueur.

Après chaque attaque, notre procession déguenillée de vaincus se reformait tant bien que mal, avançant en silence, sans autre bruit que le mouvement des corps et des véhicules. Nul n'avait le cœur à parler. Dans ce triste cortège de réfugiés, d'autres nationalités se mêlaient à nous : il semblait que l'Europe entière fuyait le dragon allemand. Parmi les civils, de nombreux soldats, honteux d'avoir perdu, baissaient la tête, fatigués et vieillis par la défaite, quelquefois vilipendés par la foule. Les enfants ne riaient plus.

Puis, dans un ciel traîtreusement complice par son impeccable clarté, des Stukas apparaissaient au loin, actionnant leur infernale sirène ; descendaient en piqué ; larguaient leurs bombes ; opéraient un demi-tour et nous mitraillaient. Nous quittions à nouveau précipitamment la route et, le danger écarté, abandonnions les morts pour reprendre notre exode forcé. C'était un cycle infernal.

Ma voiture, criblée d'impacts de balles, roulait heureusement toujours. Un jeune garçon, sa sœur et son père dormaient à l'arrière ; la dépouille de leur mère pourrissait quelque part, éventrée par une explosion, me dit-on. Aux environs de Vitré, je les quittai. Ils avaient trouvé refuge chez un cousin. Après avoir fait péniblement provision d'essence, je rejoignis la presqu'île de Rhuys.

Marraine, qui vit seule, est une authentique Bretonne : aussi généreuse qu'avare de paroles. Cela me va. J'ai emporté mes manuscrits et mes carnets de notes. Ma bibliothèque est restée sur place et je crains le pire pour elle, même si j'ai pris soin de la cacher dans la falaise et d'en murer l'accès. Il paraît qu'on brûle les livres à Berlin !

Mon humeur est à ce point sombre que je ne me suis trouvé d'inspiration que pour la Mort noire. Me voilà donc au milieu du XIVe siècle parmi la peste : je quitte un fléau pour un autre. La chute plaira toutefois à l'amateur d'art que vous êtes. Vous verrez !

J'espère de vos nouvelles, pourvu qu'elles soient aussi bonnes que votre âme !

Amitiés sincères,

Hippolithe Lepeintre.

Chapitre 5 – La maladie du diable

Cosme Cecaldo regardait avec les yeux du souvenir les fresques de la chapelle des Peruzzi. Une famille au service de laquelle il était entré en qualité de changeur, avant leur faillite en 1343. Au pied de cette œuvre annonciatrice de la Renaissance, il se transporta quelque trente années plus tôt. Alors jeune garçon, il s'était jadis faufilé un matin gris dans la basilique Santa-Croce en construction pour y épier le maître et ses élèves occupés à décorer les murs de la chapelle. La ville entière parlait alors de Giotto, son enfant prodige qui peignait si bien les mouches qu'on les croyait vraies ! Cosme les avait espionnés plusieurs heures jusqu'à ce que le peintre en personne le découvrît, béat devant tant de splendeur surgie de l'esprit supérieur de l'artiste. Il l'avait invité à s'approcher pour mieux voir.

Comme il n'était pas habile de ses mains, le jeune Florentin n'aurait pu prétendre aux enseignements du maître, hélas. Il conclut, en le quittant, que Giotto avait été prêté par Dieu pour montrer aux hommes un aperçu du paradis.

Paradis dont semblait venir aussi la demoiselle Clarissa Peruzzi, dont les yeux plus bleus que des agates parfaites l'intimidaient tant. Elle avait depuis épousé Simonetto Mezzi, un banquier de Venise, et accompagné son époux dans la Sérénissime. Cosme ne devait plus la revoir.

Quand il venait prier à Santa-Croce, il s'attardait toujours un moment dans la chapelle Peruzzi, particulièrement devant la fresque de saint Jean sur l'île de Patmos. L'apôtre y était figé dans la méditation de l'un des plus saisissants textes de l'humanité : *l'Apocalypse*. Le réalisme de l'œuvre paraissait tel que Cosme s'était surpris une fois tendant le bras pour recueillir l'eau coulant du rocher. Pareillement, l'évangéliste semblait si vrai qu'il croyait entendre son foisonnement intérieur, tandis qu'en arc de cercle au-dessus de sa tête émanaient les visions du Jugement dernier, dont un terrible dragon, annonciateur de calamités.

Cosme abandonna ses rêveries pour se consacrer au but premier de sa visite. Ses pas résonnèrent dans le silence sépulcral de la basilique jusqu'à une niche dissimulée derrière l'un des piliers de la nef. Il y alluma un cierge imposant au pied d'une statue de bois représentant sainte Anne. Son épouse Betta était née le jour de sa célébration.

Elle gardait le lit depuis vingt-quatre heures et son mal semblait empirer : Betta vomissait à force de tousser, ne retenant ni nourriture ni breuvage. Des protubérances gorgées de pus mêlé à son sang avaient poussé sur son cou, sa poitrine et ses jambes. Les saignées pratiquées par le médecin le plus réputé de la ville, Silvano Verrocchia, n'y changeaient rien. Plus inquiétant, le praticien disait avoir rencontré des cas semblables chez d'autres patients et, tout savant qu'il fût, avouait son impuissance à comprendre ce mal.

Nous étions en 1348. Une épidémie, pire que tout ce que l'homme avait connu, se répandait inexorablement sur l'Europe médiévale, connue plus tard sous le nom de « peste noire », du fait de la teinte sombre de la peau des malades. Betta l'avait contractée, entamant son agonie de plusieurs jours.

La peste noire de 1348, née dans une province chinoise, suivit d'abord la route de la Soie, empruntée par les commerçants de l'Asie centrale jusqu'à l'Europe depuis environ mille cinq cents ans. Les Mongols la transportèrent avec eux jusqu'au siège du comptoir génois de Caffe, sur les bords de la mer Noire. Et, pour infléchir la résistance des assiégés, ils catapultèrent les cadavres contaminés de leurs troupes par-dessus les remparts de la cité.

Croyant pouvoir en réchapper, des assiégés embarquèrent pour l'Italie, propageant ainsi la maladie dans tous les ports où les navires mouillèrent. Ils avaient en eux le mal qui, tel un monstre invisible et irrésistible, s'apprêtait à ravager l'Europe, par les routes occidentales cette fois-ci.

Cosme rentra chez lui, croisant sur le chemin du retour son ami Giovanni Boccaccio. Ce dernier le questionna sur son étrange accablement, lui d'ordinaire si affable. « Hélas, cela ressemble fort à la peste », aurait murmuré le futur auteur du *Décaméron*.

À son domicile, Cosme remarqua les volets clos en plein jour de son voisin Sebastiano Arnolfinio, tandis que de la fumée s'échappait du toit. Il s'occupait beaucoup de sciences, autrefois même inquiété par l'Église, que ses

« étranges » expériences effrayaient. Aussi ne s'en étonna-t-il pas outre mesure.

En réalité, depuis deux jours qu'il souffrait lui aussi du mal inconnu, et après avoir constaté l'impuissance des médecins à le soigner, Arnolfinio tâchait de se guérir seul à l'aide de son savoir. Par le passé, il avait lu des chroniques sur la peste et comprit vite qu'il en était atteint.

Il incisa chaque jour les abcès purulents qui poussaient sur son corps ; s'enduisit la peau d'onguents de sa préparation ; entretint sans répit le feu de sa cheminée ; ne mangea que de saines nourritures tirées de ses réserves et de son potager entouré de hauts murs ; recueillit l'eau du puits de son jardin. Ayant banni tout contact avec l'extérieur, il avait de quoi tenir deux mois en autarcie. D'ici là, il serait rétabli ou mort. Arnolfinio guérit effectivement en trois semaines et préféra s'enfuir de Florence pour ne pas attiser les soupçons de sorcellerie qui pesaient déjà sur lui, et que sa guérison aurait transformés en certitudes.

En sortant de chez lui, le visage sous un tissu imprégné de parfum qui ne laissait entrevoir que ses yeux, il ne reconnut pas sa ville : des cadavres jonchaient le sol, déchiquetés par des chiens errants ; des maisons étaient barricadées, d'autres en cendres après avoir été pillées. Cris, gémissements et supplications retentissaient, telle une atroce prière.

Des fantômes marqués par la fatigue et la douleur arpentaient les rues pestilentielles, une partie d'eux-mêmes déjà dans l'au-delà. D'autres manifestaient librement leurs vices, sans crainte du lendemain auquel ils ne survivraient pas.

Beaucoup plus tard, Arnolfinio rendrait compte de cette tragédie dans une chronique fameuse[10], et dont voici un extrait particulièrement édifiant :

« Combien les catastrophes délivrent les hommes de leur maigre morale ! Mon très cher et très sincère ami, Isaac Scholm, qui, saintement, toute sa vie, dispensa bienfaits et richesses à son entourage, périt assassiné pendant le terrible fléau. Que n'ai-je été près de lui pour le défendre ! Hélas, j'avais déjà quitté Florence par les chemins de traverse, craignant moi aussi pour ma vie, convaincu à présent que semblable sort m'eût été réservé. Juif Isaac était né, juif il périt, sous les coups démoniaques de ses voisins, persuadés, dans leur ignorance impardonnable, qu'il avait empoisonné leurs puits par quelque magie infernale et que le mal venait de là. Dieu que tes desseins sont parfois obscurs et me font douter de toi !

J'avais donc quitté en hâte Florence, l'épidémie et les mauvais penchants de mes semblables. Puis, comprenant que le mal allait parmi les hommes aussi vite que le vent, je me terrai dans une ferme abandonnée et isolée au sud de Rome, que je purifiai, priant pour que nul n'y vînt se réfugier à son tour. Armé d'un arc et de flèches confectionnées par mes soins, prêt à tuer mon prochain pour survivre, je devins un sauvage à l'affût.

Je me nourrissais de peu, égrenant mes journées à penser à la fin prochaine du monde et relisant saint Jean. Après des

---

[10] *Chroniques en le royaume des morts*, Sebastiano Arnolfinio, San Marco Edizioni, Firenze, 1901 – Pour la version française : éditions de L'Ankou, Saint-Malo, 1921, traduction : Marcel Bergotte.

mois sans rencontrer âme qui vive, vint un cavalier. Je le menaçai fébrilement de mon arme de fortune quand celui-ci, comprenant sans doute la raison de ma frayeur, me cria : "L'enfer a quitté nos terres ! Nous sommes sauvés ! Loué soit le Très-Haut !"

Évidemment, je ne crus pas un mot de ses affirmations, mais force me fut de reconnaître en lui un homme sain, sans les signes reconnaissables du mal. Méfiant, je lui imposai de se dévêtir et d'exécuter quelques exercices physiques pendant une demi-heure et, comme il ne toussait ni ne semblait épuisé, je l'invitai à entrer pour tout me conter.

Je finis par abandonner ma retraite et l'accompagnai un temps, traversant des régions meurtries par la peste. Je décidai un jour de rentrer à Florence et me séparai de mon compagnon de route aux environs de Sienne, que je traversai sans m'arrêter, tant la désolation et l'horreur peuplaient ses murs.

Entrant deux jours plus tard dans Florence, je la découvris presque déserte. Les rares habitants étaient éprouvés par le deuil et l'épuisement. Ma maison avait été pillée et mes murs maculés de dessins obscènes. Petit à petit, je repris le cours de mon existence, seul cette fois : mes amis étaient tous morts ou présumés tels. Seul mon bon voisin Cosme Cecaldo s'en était revenu d'un plus long voyage qui l'avait conduit au nord de l'Europe. »

Pendant que Cosme enterrait sa femme, deux semaines après les premiers symptômes de sa maladie, la rumeur parcourut la ville : c'était la fin du monde, les médecins n'y pouvaient rien. Déjà, les religieux justifiaient ce châtiment divin destiné à laver le monde de ses péchés. La cité se couvrit bientôt d'autels improvisés et les églises, de nuit comme de jour, ne désemplirent plus.

Le fils cadet de Cosme succomba une semaine plus tard. Sans nouvelles de sa fille aînée, probablement déjà morte dans sa ville de Sienne, plus rudement empestée que Florence racontait-on, Cosme prit la route de Pise avec sa dernière fille. Ce voyage leur apprit que la peste ne connaissait pas de frontières : Pise était contaminée. Ils remontèrent au nord par des chemins dérobés, évitant le plus possible de faire des rencontres.

Ils atteignirent la France après une marche épuisante ; là aussi le mal les avait précédés. La peste n'épargnerait pas même la fille aînée de l'Église. Dans une ville au bord du Rhône, ils assistèrent ainsi à ce sombre spectacle : des charrettes transportaient des monceaux de cadavres noirâtres qui dégageaient une odeur abominable ; des hommes masqués d'une sorte de long bec d'oiseau jetaient les macabres cargaisons dans des fosses communes creusées à l'écart des habitations et y mettaient le feu ; des flagellants parcouraient les routes, récitant des psaumes pour inviter l'humanité à se repentir, le dos ensanglanté par leurs violents actes de contrition ; des enfants erraient seuls, orphelins ou abandonnés par leurs parents, car ils avaient attrapé le mal ; des pillards tuaient et violaient pour d'insignifiants butins ; des orgies étaient improvisées jusque dans les églises profanées. C'était le royaume du chaos, en attendant que les morts dépassent les vivants en nombre.

Au cours de leurs pérégrinations, Cosme et sa fille croisèrent une procession spectrale d'hommes au corps nu et squelettique. Seule leur tête était recouverte d'une cagoule blanche immaculée, ceinte d'une croix noire. Ils remuaient la poussière en traînant des pieds, se cinglant le dos avec des disciplines aux extrémités tranchantes, projetant des jets de sang dans les airs. Les deux Florentins se reculèrent vivement pour ne pas être aspergés. Ce ne fut pas le pire que de les voir ; il fallut les écouter psalmodier leur prière pour être tout à fait tétanisé :

« Oh, Dieu juste dans Ton anathème !

Entends la prière de tes meilleurs enfants !

Fais le ciel ténébreux aux sombres mécréants !

Purifie le monde souillé par les amants du diable !

Et donne-nous la foi de recouvrer le Tombeau vénérable !

Jérusalem ! Jérusalem ! Jérusalem ! »

Cosme, qui parlait le français, se remémora les images infernales peintes dans les églises de sa ville pour effrayer les âmes qui doutaient de Dieu. Cette incantation subjuguait les moribonds et les affamés attroupés, convaincus que seule l'expiation sincère les libérerait de la mort noire. L'angoisse mystique gagna l'assemblée improvisée, accompagnant alors la procession en murmurant des prières atones.

Cosme ne les suivit pas, hanté cependant par le doute : Dieu éprouvait-il un si fort dégoût des hommes qu'il avait décidé de libérer la Terre de leur présence ? Il se révolta contre cette idée, se persuadant que son Créateur saurait reconnaître les siens des incroyants et que lui et sa fille en étaient.

Mais il ne doutait à présent plus de l'existence du diable et le craignait sincèrement.

Malgré ses précautions et ses prières ferventes, un matin Isabella cracha à son tour une matière rouge et visqueuse. Elle mourut en peu de temps. Désespéré, Cosme, enfreignant la loi en vigueur, enterra secrètement sa fille dans une clairière : il ne voulait pas abandonner sa dépouille à un bûcher et damner ainsi son âme. Maintenant seul, il prit la route des Flandres, qu'il connaissait pour y avoir séjourné autrefois, au service des Peruzzi. Pourvu que la maladie ait épargné cette région !

Sa famille décimée, pourquoi s'obstinait-il à vivre ? Cosme croyait sincèrement en Dieu, convaincu qu'il disposait relativement de sa vie, mais pas de sa mort. Fut-ce sa ferveur spirituelle qui incita la Providence à ne plus l'accabler ? Il parvint aux portes de Bruges sans dommage.

La peste n'était pas parvenue jusqu'ici, mais la cité hanséatique la craignait et se défiait des voyageurs comme autant de possibles porteurs de mort. Cosme entra tout de même, quand son état fut jugé sain. Il alla tout d'abord se recueillir en l'église Saint-Donatien, si propice à la méditation contemplative. À l'intérieur du sanctuaire, une forte odeur d'humidité lui rappela qu'il se trouvait dans l'Europe du Nord.

En sortant, Cosme constata la singulière tranquillité de Bruges, un comptoir commercial de premier ordre et très animé avant la peste. Sur les quais, des navires de toute provenance déposaient habituellement de nombreuses marchandises venues de tout le monde connu. Une activité foisonnante animait d'ordinaire la cité d'une vie trépidante. En ce temps-là, le commerce de l'estuaire du

Zwin concurrençait même celui de la Tamise et Londres. Ainsi, de la mer du Nord jusqu'à Bruges, des voiles encombraient le fleuve, les cales remplies. Son ensablement à partir du XVe siècle ralentirait cette prospérité.

Pendant la Peste noire, les autorités de Bruges avaient interdit aux bateaux d'accoster, sous peine d'être coulés, et la voie terrestre, comme l'avait expérimenté Cosme, était rigoureusement contrôlée. Ainsi, le mal n'entra jamais. Jusqu'à la fin de la grande vague épidémique, survenue dans le courant de l'année 1351, Cosme travailla pour un négociant. Il égrena ses journées entre le labeur, la prière et le chagrin, s'entourant de solitude. Au début de 1352, il embarqua pour l'Italie à bord d'un navire génois.

Un jour, enfin, du haut d'une colline, il découvrit l'Arno scintillant comme s'il eut été recouvert de milliers de diamants. Cette vision familière lui arracha un sourire, le premier depuis longtemps.

Arrivé chez lui, il remarqua que le toit, partiellement brûlé, était en cours de réparation. À l'intérieur, des meubles inconnus avaient été disposés à la place des anciens, sans doute volés. Dans la cheminée cuisait un repas à l'odeur savoureuse.

Craignant d'avoir été dépossédé de ses biens, il interrogea à voix haute :

— Que vais-je devenir, mon Dieu, si je n'ai même plus de maison pour finir mes jours ?

Miracle ou coïncidence, une femme l'entendit qui répondit :

— Que diriez-vous d'être mon père ?

Dans cette voix si familière, il reconnut Angela, sa fille aînée désormais veuve et mère d'un petit garçon, Marcelino, âgé de cinq ans. Cosme remercia le Ciel en pleurant. Chacun se raconta ses terribles épreuves et conclut qu'il fallait recommencer à vivre. Bientôt, Angela épousa en secondes noces Benvenuto Natello, un homme bon qui lui donna trois autres enfants. Tous vécurent dans la demeure familiale.

Marcelino grandit et devint un riche marchand, amateur d'art et mécène. Bien plus tard, alors qu'il devisait avec un associé, ce dernier, regardant la cathédrale inachevée au-dessus de lui, se demanda comment appeler son dernier-né si c'était un garçon. Marcelino lui proposa spontanément le prénom de son grand-père, mort depuis plusieurs années et qui l'avait élevé avec tendresse :

— Ça me plaît, Cosme ! s'exclama, satisfait, Jean de Médicis.

Au frère Martin, de l'abbaye Saint-Adegrin-sur-Loire
Le 20 janvier 1942

Frère,

Comme un présage de nouvelles calamités, je me suis réveillé ce matin avec un ciel rouge-sang inondant la colline au-dessus de chez moi. Il s'est ensuite couvert de nuages qui ressemblaient à des corps déchirés. « Superstitions moyenâgeuses ; imagination débordante. », me répondrez-vous. Vous aurez sûrement raison : le temps que je consacre au passé m'a sans doute rendu anachronique à mon époque. Toujours est-il que le présent me donne assez d'indices pour penser que j'ai raison : cette guerre embrase le monde et les civils en portent aussi lourdement le poids que les soldats, sinon plus.

Je suis particulièrement fier de mon dernier chapitre médiéval, La maison des béatitudes[11], inspiré par mes découvertes dans la bibliothèque de votre abbaye, cher ami, lorsque j'y fus guidé par votre inestimable érudition. Quand vous lirez l'ensemble achevé, vous saurez à quel point je vous suis redevable.

Désormais, je voyage en Renaissance.

---

[11] D'après une note retrouvée de Lepeintre, La maison des béatitudes racontait une fraternisation entre soldats français et anglais la veille de la bataille de Castillon, le 17 juillet 1457, qui devait mettre fin à la guerre de Cent Ans. Ils se dérobèrent ainsi au combat en se réfugiant dans la cave d'un monastère où, sous la protection de l'abbé, ils finirent leurs jours ensemble.
La nouvelle, aujourd'hui disparue, était librement adaptée d'un épisode de L'aventure de Dieu, rédigé par un anonyme en 1503, dont il existe deux exemplaires connus : l'un se trouve à l'abbaye Saint-Adegrin-sur-Loire ; le second, à la bibliothèque du Congrès à Washington. (N.D.A.)

J'aborde en ce moment les rivages fratricides des guerres de Religion. J'en suis aux crimes catholiques, mais je n'oublierai pas ceux des protestants, n'ayez crainte : ils auront aussi leur part ! Pour l'heure, j'ai assigné à comparaître la fascinante Catherine de Médicis.

Je tiens à son propos un secret si bruyant que ça paraît invraisemblable qu'il ait croupi aussi longtemps dans la fosse commune de l'Histoire, où gisent, il est vrai, tant d'autres qui demanderaient plusieurs vies d'homme pour n'en oublier aucun.

Ce secret sera attribué à ma seule imagination quand j'ai pourtant lu la preuve[12] irréfutable de sa véracité en d'autres lieux. Sa propriétaire, Mathilde Lanyer, une châtelaine fantasque, n'a jamais prétendu me la vendre. Je l'ai consultée chez elle et n'ai pu en recopier que des bribes, faute de temps, autour desquelles j'ai brodé des conjectures. Vous verrez...

En espérant bientôt vous revoir, quand les canons auront mis un terme à leurs stériles querelles. Je n'en dirai pas plus : les temps sont durs pour les esprits libres, et la plus petite parole peut vous conduire à la mort.

Amitiés sincères,

Hippolithe Lepeintre.

---

[12] Il m'a été impossible d'en savoir plus sur cette « preuve irréfutable ». Quant à Madame Lanyer, née Beyle, son arrière-petit-fils Henri Lanyer, actuel propriétaire du château de Mole, en Isère, m'a affirmé ne pas détenir de document ou objet pouvant attester sans contredit cette affirmation. (N.D.A.)

Chapitre 6 – Le dernier des Bravelhiver[13]

Charles était maussade.

Le roi de France n'avait pas l'allure souveraine ce matin. À la lueur des bougies, on aurait dit un spectre. Sa sœur lui refusait ses appartements et sa mère l'avait congédié en méprisant sa faiblesse de caractère. Il était seul, errant dans les couloirs nauséabonds du Louvre désert. Quelques gardes en faction et valets de service croisés s'inclinaient à son passage, en silence. Certains se signaient dans son dos pour conjurer le mal, au regard de Dieu, qu'il y avait à le servir.

Vérifiant au préalable qu'on ne le suivait pas, Charles disparut soudain derrière une tapisserie élimée par le temps, ouvrit une porte dérobée, entra dans un cabinet, s'assit dans un fauteuil et sortit de sa poche un feuillet chiffonné qui étalait un quatrain virulent :

« Roitelet assassin, tu nous as fort dupés !

Grâce à ta vile traîtrise, nous voilà écharpés !

Vengeance ! Mes frères, chassés comme du gibier,

---

[13] Épisode relaté dans *L'« ogresse » Catherine*, par Sauveur Lesage, Lesage imprimeur, Tours, 1880.
Ce volume n'est pas recensé dans la bibliothèque Lepeintre conservée à Saint-Adegrin et reste à ce jour introuvable. (N.D.A.)

Réclameront ton âme pour l'éternel gibet ! »

Le roi toussa, se tenant le ventre de douleur. Les mains tremblantes, il déchira rageusement le papier dont il jeta les morceaux dans l'âtre éteint. La seule évocation de la damnation éternelle le rendait fou. Il tâcha de se calmer en s'occupant l'esprit à autre chose. Après quelques minutes à gémir sourdement, il se précipita sans transition à l'autre bout de la pièce, dérangea un meuble sans ménagement, souleva une latte de parquet, fouilla nerveusement dans un trou pour en sortir un coffret. À l'intérieur se trouvait le portrait miniature d'une femme blonde et d'âge mûr, le front ceint de roses trémières, qu'il reconnut tout de suite. Puis, Charles prit un rouleau renfermant deux lettres, attachées par une mèche de cheveux fins. La première consistait en de naïves déclarations d'amour intéressant la seule destinataire ; la seconde était un secret, les deux missives signées de la même main :

« Ce jour de notre Seigneur, 10 août 1536
Ma bien-aimée Diane,

Mon frère François est mort. Je serai roi. Catherine sera reine.

Je me rêvais plus libre. Hélas, je régnerai... parmi les complots, les basses flatteries de la cour et la nouvelle hérésie dont nous devons nous défier, comme tu me l'as justement enseigné.

Maintenant que me voilà exposé à tous les regards, notre petit Robert doit être élevé hors de France, à l'abri des mains meurtrières de ma stérile épouse. Elle enragerait de savoir que toi seule m'as donné un possible héritier. C'est une Médicis, autrement dit une meurtrière persévérante.

Prends tes dispositions en ce sens et ne cherche plus jamais à revoir notre fils, c'est le prix à payer pour qu'il vive. Quelque jour prochain, peut-être, il reviendra dans toute sa gloire prendre ce qui lui appartient de droit. Ce serait là mon vœu le plus cher qu'il régnât à son tour. Mais c'est là une réalité incertaine. Les sorcelleries de ma ténébreuse épouse finiront par la faire enfanter.

Quand tu auras accompli ta douloureuse mission, rejoins-moi à Paris au plus vite. Telle est ma volonté !

Ton loyal Henri. »

La veille du mariage contre nature de sa sœur Marguerite avec Henri de Navarre, Charles IX avait découvert ce coffret sur sa couche, accompagné d'un billet laconique et sans signature : « Vive le roi ! » Sur le moment, il n'y avait pas prêté attention, occupé par d'autres intrigues. Toutefois, craignant les espions de sa mère, qui ne manquaient jamais de fouiller ses appartements pour lui rapporter ce qu'ils découvraient, il cacha sa découverte dans cette pièce connue seulement de lui et ses plus fidèles serviteurs.

L'énigme l'accaparait à présent, tandis que des milliers de morts jonchaient encore les rues de Paris et que les massacres perduraient en Province. Nous étions le 2 septembre 1572 : la Saint-Barthélemy entachait un règne sans envergure que ce crime de masse ferait entrer dans la postérité.

Son père, Henri II, aurait donc eu un fils avec sa maîtresse adorée et crainte de toute la cour, Diane de Poitiers, l'adversaire de sa mère Catherine, la reine mal-aimée ? Qu'était-il advenu de l'enfant, à présent un homme s'il vivait encore ? Charles, connaissant la haine de Catherine envers la favorite de son époux, augurait volontiers qu'il avait été assassiné.

La progéniture de la reine étant de fragile constitution, la couronne aurait pu revenir un jour à cet avorton illégitime, mais de sang royal. Cela s'était déjà vu : Guillaume le Conquérant était bien un bâtard ! Cela ne l'avait pas empêché de monter sur le trône d'Angleterre, par les armes, il est vrai. Et la reine Catherine eût préféré livrer la France à Henri de Navarre plutôt qu'au fils de Diane, quand bien même elle détestait « ce rustre à l'odeur de pourceau ! », comme elle désignait le Bourbon !

Le maladif souverain, après avoir ri convulsivement et sans raison apparente, quitta son antre et rejoignit les appartements de sa sœur. Elle lui refusait toujours sa porte. Exaspéré, il rugit qu'il était maître chez lui et l'enfonça. Comme il était chétif, il s'affala aussitôt sur les dalles aux pieds de Margot. Dans sa chemise de nuit, les cheveux épars, elle prit la main qu'il lui tendait pour le relever, l'embrassa et le gifla presque en même temps :

— Que puis-je pour votre service, Sire ? Les protestants sont donc tous dépecés que vous trouviez le loisir de me visiter ?

— Margot, ce n'est pas ma faute ! J'ai cédé à notre mère et aux Guises ! Ce sont eux les coupables !

— Un roi ne cède pas : il commande ! Il y a des morts partout, jusque dans les églises que tes mercenaires ont maculées du sang de leurs victimes ! Assassin ! On ne retiendra de toi qu'un fleuve rouge, et Dieu te jugera ! Je vais partir de cette cour infernale avant d'y damner mon âme ! Tout ce château sent la charogne après avoir retenti d'une fête que je ne voulais pas ! Aux yeux des vivants et des morts, je suis ta complice pour l'éternité !

— Non, ne me laisse pas seul avec les autres, je t'en prie, Margot ! Ils veulent me tuer ! Seule ton irrésistible innocence peut les retenir !

— Mon innocence ? Tu es fou ! Laisse-moi !

— Margot, je connais un terrible secret…

— Encore une incroyable histoire mûrie dans ton cerveau malade ?

— Non, non, écoute…

— Je t'écoute…

Le roi Charles lui conta la découverte du coffret et son contenu. Au lieu de sembler étonnée, sa sœur le dévisagea froidement :

— Que comptes-tu faire ?

— Je veux savoir ce qui est arrivé à Robert.

— Ensuite ?

— S'il vit, je veux lui léguer la couronne de France à ma mort. Anjou est incapable de régner : il précipiterait le pays dans le chaos. Ou alors à toi : deviens reine et tu répareras mes fautes !

— Aurais-tu oublié la loi salique, mon frère ? Cesse de fomenter des projets irréalisables. Occupe-toi des crimes de ta façon ! Inutile d'exhumer ceux des autres : ils ne suffiraient pas, tous ensemble, à dissimuler les tiens ! Va implorer le pardon de ton Créateur pendant que tu vis encore. À voir ta mine, ça ne durera pas ! À présent, sors, je dois achever mes préparatifs de départ.

— Tu restes au Louvre, Margot !

— Je vous fuis ; je tiens à ce qui me reste d'âme !

— À la garde !

Deux sentinelles entrèrent aussitôt.

— Vous veillerez à ce que la reine de Navarre demeure auprès de son époux. Ces deux-là ne doivent pas quitter le Louvre !

— Charles, sois maudit !

— C'est déjà fait, petite sœur. Tu vois, inutile d'aller demander un pardon que je n'obtiendrai pas, sourit-il tristement avant d'aller s'enivrer seul.

Le soir venu, sa mère, l'entendant divaguer dans sa chambre, entra sans y être invitée. En découvrant son fils vautré sur son lit, le pourpoint taché de vin et d'aliments divers, elle ne se contint plus :

— Regarde-toi : est-ce digne d'un roi de France ? Tu es repoussant. Va donc te laver, je ne veux pas qu'on te voie dans cet état.

— Monstre ! Vous êtes tous des monstres ! Margot a raison, je suis maudit ! À cause de vous !... Je devrais vous faire pendre comme des manants ! Le Guise en premier ! Tiens, je vais commencer par lui : qu'on me l'amène enchaîné !

— Tais-toi, on pourrait d'entendre. Le duc de Guise a le peuple avec lui : il te ferait tomber de ton trône si vite que tu ne serais déjà plus roi avant de toucher le sol. Si ton père te voyait...

— Il t'égorgerait ! Sort que tu as sûrement réservé au fils de Diane !

Catherine de Médicis s'assombrit comme un félin en

colère ; ses ongles crissèrent sur le bois d'une console, la physionomie mue par un irrépressible frisson d'angoisse. Pour recouvrer sa contenance, elle caressa un crucifix qui pendait ostensiblement sur son buste.

— … De qui tiens-tu cela ? Parle, je te l'ordonne.

— Je suis le roi : je n'ai d'ordre à recevoir de personne, sinon de Dieu !

— Tu es roi parce que je m'efforce de juguler tes ennemis pendant que tu t'avachis dans la débauche. Seul, tu serais incapable de gouverner. Enfant gâté. Si tu avais eu ma vie, peut-être saurais-tu te battre comme il se doit. Au lieu de cette cour douillette, j'ai affronté chez moi une foule hystérique qui voulait me violer et me précipiter ensuite du haut des remparts, alors que je n'étais qu'une enfant. Plus tard, mon mari m'a délaissée pour une autre, et ce, jusqu'à sa mort tragique. J'ai subi mon sort en silence, sans jamais démériter de mon rang. De tout cela j'ai hérité une force de caractère sans laquelle toi et tes frères ne seriez rien. Je suis une Médicis : déterminée et courageuse. Sans mes ancêtres, Florence ne serait demeurée qu'une vulgaire cité de commerce comme il s'en trouve partout. Au lieu de ça, nos artistes ont essaimé dans toutes les cours d'Europe et dispensé la sublime beauté là où il n'y avait que fange. Les miens se sont élevés seuls au firmament. Notre volonté nous a placés là où nous sommes. Réjouis-toi que je t'aide à gouverner, forte de ce sang dont tu sembles dépourvu. Maintenant, je te préviens : tu ne détruiras pas tout ce que j'ai édifié en déterrant des secrets profondément enfouis. Le fils de cette putain est mort, tu m'entends ?! Songe un instant ce qui serait advenu si ce bâtard était apparu à la cour, presque tout entière acquise à sa mère. Je désespérais de pouvoir donner un héritier mâle à ton père et elle, cette vieille courtisane qu'il aimait mieux que Dieu lui-même, y était parvenue. Je ne pouvais admettre cela et mon beau-père, le grand roi François 1er, non plus. Ensemble, nous avons fait ce qui était nécessaire. J'ai sauvé mes enfants de la disgrâce hier et de la guerre civile aujourd'hui. Voilà comment tu me remercies ? Je te pose donc une dernière fois la question, Charles : qui t'a mis dans la confidence ?

— J'ai trouvé un coffret sur mon lit, répondit le souverain, vaincu par cette femme hors-norme à laquelle il avoua tout ce qu'il savait, tant elle avait d'emprise sur lui.

— Je te crois, dit-elle avec la certitude qu'il ne mentait pas. Oublie cela et dors : tu as une mine épouvantable à courir le cerf au lieu de régner.

— Si je suis épouvantable, c'est que ton sang est mauvais.

— Mon sang t'a fait naître, fils oublieux.

Catherine, envahie par une colère froide, quitta les appartements du roi. Elle disparut dans un étroit couloir au bout duquel un panneau de bois dissimulait un escalier en colimaçon ; déboucha ensuite sous une voûte recouvrant un mince bras de la Seine. Un individu enveloppé d'une capuche l'attendait dans une barque. Catherine se couvrit à son tour pour ne pas être reconnue et monta à bord. Il faisait nuit. La surface du fleuve, éclairée par une demi-lune et légèrement agitée par le vent, ressemblait à des serpents ondulants. Une heure plus tard, ils accostèrent en aval de Paris. Un carrosse anonyme attendait la reine. Elle y prit place et commanda le départ d'un geste impératif. L'aube se levait à peine lorsque Catherine pénétra dans l'enceinte de Mortefer.

Place forte édifiée sur un îlot de la Seine au IXᵉ siècle pour contrer les raids vikings, Mortefer fut sans cesse remaniée pour être définitivement abandonnée à la fin du XVIIᵉ siècle. Pillé et démembré pendant la Révolution jusqu'à son classement aux Monuments historiques par Mérimée en 1839, le site offre aujourd'hui une architecture de ruines qui ne donne qu'une faible idée de sa splendeur passée. À l'époque de notre récit, si son extérieur ne révélait qu'une menaçante et austère apparence, l'intérieur, au contraire, proposait le meilleur confort de l'époque, avec un ensemble de bâtisses très ouvragées.

Mortefer était depuis quelques années une prison pour un hôte prestigieux, Robert, fils de Diane de Poitiers et du roi Henri II, assigné à résidence depuis l'année 1559. Tandis que les rares à connaître son existence le croyaient à présent mort, Catherine ne s'était jamais résignée à le faire assassiner. Car dans ses veines coulait le sang bien-aimé de son mari défunt, quoiqu'il représentât un affront pour l'épouse trompée et un danger pour ses propres fils.

La donne avait à présent changé : désormais, ce possible héritier de la couronne faisait courir un risque à ses enfants. Bien que morte depuis 1566, Diane comptait parmi la noblesse des fidèles qui, en découvrant son existence, se feraient un devoir d'élever son fils jusque sur le trône de France.

Et l'inconséquence de Charles, incapable de se taire lors de ses débordements, finirait par ébruiter ce secret si bien gardé. D'autant que, privé des loisirs habituels d'un homme de cour, Robert s'était réfugié dans l'étude au point de devenir un esprit très fin. À la débauche des derniers Valois, il opposerait sans peine ses vertus et son savoir. La reine Catherine ne pouvait courir un tel risque. Il devait mourir. Ensuite, il s'agirait de savoir qui avait mis entre les mains du roi ce coffret.

Robert avait maintenant trente-sept ans et, bien que grand et de forte carrure, il était d'une docilité exemplaire. Ses geôliers l'appréciaient beaucoup, ce qui ne les empêchait pas d'exécuter les ordres de Catherine avec célérité. Tous florentins, ils lui vouaient une dévotion qui ne se démentit jamais.

Catherine séquestrait Robert : elle ne le torturait pas. Il jouissait des égards dus à son sang, goûtait la compagnie des femmes, choisies parmi les orphelines. Par précaution, elles étaient égorgées après « usage ». Seul le maniement des armes lui était interdit.

Nul ne devait révéler à Robert la vérité sur son origine, sous peine de mort. Il avait grandi ainsi dans l'ignorance de sa naissance. Il se souvenait juste qu'un matin des hommes l'avaient enlevé à sa paisible existence en Espagne, car « de méchantes gens » en voulaient à sa vie, lui répétait-on à l'envi sur le trajet qui le conduisait en France. Après son départ, on avait pris soin de massacrer sa famille espagnole et mettre le feu à leur masure.

Pour le monde, Robert était mort.

Une fois à Mortefer, il avait été maintenu au secret,

comprenant alors qu'il n'était pas mis à l'abri, mais prisonnier. Sa nature non belliqueuse lui avait fait admettre cette fatalité jusqu'à ce matin de 1572 où la reine mère s'apprêtait à l'assassiner.

Les gens de Mortefer avaient tous été prévenus. Le cuisinier de Robert reçut des instructions accompagnées d'une fiole à verser dans son repas. Pendant qu'il mangeait d'un bon appétit, par un trou discret pratiqué dans un coin du mur de la salle à manger, Catherine le regardait avaler la mort. Au bout de quelques minutes, il s'effondra sur les dalles en hurlant de douleur, puis s'immobilisa. Aussitôt, accompagnée d'un homme en arme, elle entra dans la salle et s'approcha de la dépouille. En plus d'une nécessité, la mort de Robert servait la vengeance tardive de cette femme rancunière. Elle avait laissé vivre Diane, mais elle avait tué son fils. Repue de sa victoire, elle ordonna qu'on brûle le cadavre, avec tout ce qui rappelait de près ou de loin son existence, dans la cour de la forteresse. Les cendres furent ensuite dispersées dans la Seine. Catherine en avait définitivement fini avec sa rivale de toujours.

À la mort d'Henri II au cours d'un tournoi, Catherine avait bien rêvé de faire pendre la favorite, à la manière du banquier Baroncelli qui avait participé à un complot contre sa famille à Florence, et dont la dépouille s'était balancée plusieurs jours à la vue des habitants. En femme calculatrice – un pareil crime lui porterait préjudice –, elle n'en avait rien fait, laissant sa rivale jouir des biens offerts par son mari ; non sans l'avoir exilée de la cour, obligée à rendre les bijoux de la Couronne et dépossédée d'un joyau de pierre, le château de Chenonceau. Avant son départ, Catherine avait toutefois mis Diane en garde : Robert n'avait jamais existé ! Une mise en garde que la dame avait scrupuleusement respectée, épargnant ainsi la vie de beaucoup de gens. On lui avait promis qu'il aurait la vie sauve à condition qu'elle ne tente jamais de le revoir, ni de s'enquérir de lui. Mais les secrets finissent toujours par s'éventer…

Sans connaissance de cet épisode, l'Histoire affubla cependant la reine Catherine de toutes les tares. On omit presque toujours, dans ce concert de calomnies plus ou moins justifiées, qu'elle était avant tout une mère aimante. Elle aurait défié jusqu'à Dieu pour protéger ses enfants.

L'histoire de Robert, quant à elle, ne s'arrêta pas là. Dès réception de la lettre du futur roi Henri II, reproduite plus haut, Diane, qui connaissait la haine de Catherine, avait emporté Robert, laissant volontairement des indices pour qu'on parvînt à le retrouver pour peu qu'on s'en donnât les moyens. Mais l'enfant qu'elle avait abandonné à une famille de nobliaux espagnols n'était pas Robert. Il s'agissait du fils d'une paysanne, poignardée, avec son mari, avant d'avoir pu protester.

Robert, le vrai, avait été confié anonymement à des bourgeois normands, les Bravelhiver, en échange d'une forte somme d'argent. Il survécut à tous les protagonistes de cette aventure et mourut à l'âge très honorable de quatre-vingt-huit ans, soit en 1613.

Facétie du destin, Auguste Bravelhiver, dernier descendant de Robert, devint membre d'un comité révolutionnaire. En 1795, avec d'autres, il profana la tombe de Diane de Poitiers. Il ignorait qu'il dérangeait le sommeil d'une parente !

Un mystère subsista toujours : qui avait remis au roi Charles IX le coffret ? Nul ne le sut. Ceci est à mettre sur le compte des nombreuses énigmes qui jalonnent les siècles, dont sont si friands les romanciers et quelques historiens fantaisistes !

Au frère Martin, de l'abbaye Saint-Adegrin-sur-Loire
Le 2 décembre 1944

Mon bon frère,

Il semblerait que la guerre ait tari mon ardeur à écrire, sauf à vous.

Seul, peut-être, un sens du travail achevé – précieux enseignement de mon défunt père – m'oblige à continuer ma laborieuse entreprise. Il me tarde d'en finir, cependant. L'envie me fait défaut et la désolation présente du monde me détourne plus souvent qu'à mon tour de ma mission, dont je n'apprécie plus autant la valeur qu'au début. J'en ai enfin fini avec le Grand Siècle, auquel je crois avoir consacré trop de temps. Il faudra rétrécir tout cela[14].

En attendant, je vais voyager un peu. Je retrouverai ainsi, j'espère, assez d'imagination pour me ressaisir et poursuivre mon labeur. J'avoue que je suis aussi fatigué que du temps de ma grippe en 1919. C'est pourtant elle qui m'a inspiré tout ceci. Tiens, je devrais être malade, ça m'aiderait !

Il est une chose que je regrette, c'est de ne pas savoir peindre. Lorsque les mots ne viennent plus, c'est un remède efficace. Un mien voisin que je n'ai pu connaître a fait cela lorsque sa fille est morte noyée. Vous voyez de qui je parle.

Bon, je viens de terminer une nouvelle qui me fait dire que tout n'est pas vain ; celle dont je suis le plus fier à ce

---

[14] On ne sait combien Lepeintre consacra de récits au siècle de Louis XIV. Seuls *Sang-Bleu* et *Le crépuscule d'un soleil* nous sont parvenus.
Une note fait cependant mention de ceci : « Chère et douce Louise de La Vallière ! Il faudra absolument lui consacrer un chapitre en forme d'ode à toutes les femmes amoureuses. » (N.D.A.)

jour[15]*. Vous me pardonnerez ce petit péché véniel de vanité, mais nous autres les âmes faibles y avons recours pour nous donner du courage à la tâche !*

Je suis heureux d'apprendre dans votre dernière lettre que l'abbaye a été épargnée par la guerre, pourtant si près des combats, m'apprenez-vous. J'ai entendu dire qu'en Italie le Monte Cassino n'avait pas eu cette chance : c'est maintenant un amas de ruines, comme il s'en trouve beaucoup dans ma région. Moi aussi, frère Martin, j'ai vu la pierre se changer en ruines.

Laissez-moi vous raconter. Avant, je veux planter le décor :

Mes parents, qui s'étaient rencontrés au Havre, nous y emmenaient régulièrement, mes sœurs et moi. Arrivé là-bas, je réclamais toujours de prendre le funiculaire : il était le manège de mon enfance. Ensuite, nous allions faire des emplettes au Grand Bazar-Nouvelles Galeries où mes yeux s'attardaient sur tout ce bric-à-brac de vêtements et d'objets plus ou moins indispensables.

Quand il faisait beau, nous pique-niquions, le plus souvent sur un banc de la place Carnot. Parce que ma mère adorait la fontaine en faïence de Sèvres qui trônait au milieu et rêvait d'avoir la même dans notre petit jardin.

Ensuite, nous allions près de la gare transatlantique regarder les paquebots et voyager par procuration. Puis, nous descendions jouer sur la plage.

Avant de partir, Maman, une femme très pieuse, nous entraînait à la cathédrale Notre-Dame pour brûler chacun un cierge et faire une prière ; mon père excepté, qui n'aimait pas beaucoup le Bon Dieu ! Enfin, nous rentrions à

---

[15] On ignore à quelle nouvelle Lepeintre fait ici référence. (N.D.A.)

Dieppe.

Mais cette fin d'après-midi du 5 septembre, ce décor a pris feu...

Je me terrais chez moi depuis quelques jours, craignant autant les bombardements alliés que la vengeance des futurs vaincus sur la population. Et comme la Résistance était devenue particulièrement active dans les environs, elle augmentait la folie répressive de l'Occupant.

L'atmosphère de terreur, ajoutée à mon enfermement, m'oppressait. Aussi, je décidai, malgré le temps exécrable et les risques, de sortir de ma cage. Pour m'arrêter, il aurait fallu plus que de la pluie et du vent... Il y eut plus.

Je n'avais plus de voiture depuis longtemps et dus me contenter de mon vélo. Tant mieux, l'exercice me ferait le plus grand bien. Je grimpai donc en haut de la falaise qui surplombe mon village. J'avais parcouru plusieurs kilomètres dans la campagne fanée par la guerre lorsqu'aux environs de six heures du soir j'aperçus au loin des avions projetant des fusées éclairantes sur Le Havre, précédant de peu une nuée de bombardiers venus du large. Un peu plus tard, ils déversèrent leurs fatales cargaisons sur ce que je devinais être le cœur de la ville.

De dantesques incendies se formèrent alors, comme si la Terre ouvrait ses entrailles, invitant l'enfer à déborder sur les hommes. De mon poste d'observation, les bombes ressemblaient à des allumettes tombées d'une boîte. Subjugué par ce panorama infernal, je regardais le drame se faire. Car c'était un spectacle atrocement beau ; sentiment que l'on se refuse à reconnaître après coup, mais qui nous anime toujours devant l'horreur tant que celle-ci ne nous met pas en danger.

Des lumières orangées perçaient l'atmosphère enfumée,

teintant la ville de couleurs que seul, jusqu'alors, Claude Monet avait su rendre dans son Impression, soleil levant. Les explosions se reflétaient dans la Seine dont l'embouchure se couvrit bientôt de flammes : les dépôts de carburant, frappés, faisaient jaillir des champignons incandescents illuminant Honfleur, de l'autre côté du fleuve.

Les cavaliers volants de l'Apocalypse crachaient inlassablement leur fiel dévastateur. Le Havre n'était plus qu'un grand corps supplicié ; les cris de ses bâtiments effondrés répondaient aux hurlements des bombes. Une immense et difforme colonne de fumée grise finit par recouvrir le cœur de la cité normande. À l'intérieur des hommes, des femmes et des enfants mouraient.

Ainsi disparaissait la ville fondée par François 1er en 1514.

Au plus fort de l'horreur, c'est-à-dire pendant la quatrième vague de bombardements, retrouvant ma raison, je fis demi-tour, tremblant de rage et vouant l'Occupant comme le Libérateur aux gémonies.

De chez moi, on entendait encore le tonnerre. Les rues étaient désertes et silencieuses, de peur que le plus petit bruit n'attirât ici ces vautours d'acier.

Qu'y avait-il de militairement stratégique pour martyriser à ce point Le Havre ? L'avenir nous le dira, peut-être. Moi, j'opte pour le mépris tout britannique des vies humaines qui ne sont pas des leurs ! Ces mêmes Britanniques qui refusèrent au commandant allemand de la place un cessez-le-feu de quelques heures pour évacuer les civils. Cela, je l'appris plus tard en visitant les ruines de mes souvenirs d'enfance.

On devrait obliger les amateurs de guerres à les faire dans le désert : au moins, ils ne détruiraient que des dunes !

Celle-là est finie, frère Martin, mais elle perdurera dans les consciences… longtemps.

À mon retour, je m'arrêterai volontiers à Saint-Adegrin pour vous saluer.

Amitiés sincères,

Hippolithe Lepeintre

Chapitre 7 – Sang-Bleu[16]

L'année 1710, le duc d'Anjou naissait. Deux ans plus tard, les décès de son père et de ses frères aînés le métamorphosaient en dauphin, héritier de la couronne de France. En 1715, il deviendrait roi, mais son règne ne débuterait vraiment qu'en 1723, à la mort du Régent. Au moment des événements rapportés ici, Louis XIV vivait encore, mais il s'approchait inexorablement du sépulcre. Nous étions en novembre 1714.

Lord Agravain Loengrim abordait les côtes de Normandie, porteur d'un message destiné au duc de Vaudreuil, son beau-père emprisonné et jugé pour crime de lèse-majesté, attendant son exécution imminente dans le donjon du fort de Vincennes. Sa noblesse et sa fortune considérable lui concédaient toutefois le droit de séjourner dans un appartement propre, au confort relatif, compte tenu de sa condition. Il avait à son service un cuisinier particulier et un valet : pas de femme, Madame de Maintenon ayant mis bon ordre dans les mœurs dissolues des prisonniers de marque du royaume.

Tandis que des espions du duc et futur régent Philippe d'Orléans attendaient son débarquement à Boulogne-sur-Mer grâce à des informations trompeuses, Lord Loengrim

---

[16] D'après *Les Vaudreuil, une famille de l'ombre*, d'Abel Chonoraz, Éditions Furne, 1842.

accostait dans le port de Cherbourg, à bord d'une discrète embarcation de pêcheurs. Il loua un carrosse et fila jusqu'à Vincennes, motivant le cocher par une forte récompense si ce bougre ralliait au plus vite la capitale.

Après un voyage éreintant, il entra enfin dans Paris, acheta une monture, plus commode pour pratiquer les rues étroites de la ville, et galopa jusqu'à la sombre forteresse où s'était jadis éteint le cardinal Mazarin, ouvrant le règne personnel de l'actuel souverain. Les douves du château deviendraient, quelque quatre-vingt-quatorze années plus tard, le théâtre d'un crime odieux et politiquement stérile.

Au poste de garde, l'Anglais déclina une fausse identité : Paulin Marin, prétendument envoyé par la comtesse de Loengrim, fille du duc de Vaudreuil, pour remettre à son père une lettre que ledit Marin produisit au marquis du Châtelet, gouverneur de la forteresse. Craignant un complot visant à faire évader le prisonnier, le marquis lisait minutieusement la correspondance du duc et fouillait méticuleusement tout ce qui lui était adressé. Il lut la lettre et questionna consciencieusement son interlocuteur.

Parfaitement bilingue, Loengrim parlait un français tel qu'il était capable d'user de tous les registres de langage sans aucun accent qui pût le trahir. Il imita si bien le parler domestique que l'autre ne parut pas soupçonner qu'il eut en face de lui non pas le valet de la comtesse, mais bel et bien son époux. Ordre était donné d'interdire à ce dernier l'accès au duc et de l'arrêter sans ménagement. Châtelet avait même en sa possession un médaillon le représentant très exactement. Loengrim, qui avait volontairement pris du poids et s'était laissé pousser cheveux et barbe, était méconnaissable.

Passé un dédale de couloirs sombres et dépouillés, Loengrim fut stoppé devant une épaisse porte de chêne cloutée. Elle s'ouvrit sur le duc. Aristocrate d'honneur, n'ayant jamais eu à se plaindre de son pensionnaire forcé, depuis plus d'un an qu'il était là, le marquis accorda à son prisonnier de s'entretenir en privé avec le « valet de sa fille », non sans avoir renforcé la garde à l'extérieur de ses appartements. Lorsqu'ils furent seuls, les deux hommes s'embrassèrent virilement et non moins affectueusement :

— Ah, çà ! Agravain, quelle folie ! Quelle joie aussi de vous revoir ! Dieu, j'ai failli ne pas vous reconnaître, savez-vous ? Vous faites très domestique ! Contez-moi les nouvelles !

— Il n'y a rien à attendre de Sa Majesté la reine Anne d'Angleterre : elle n'intercédera pas en votre faveur. L'accusation est grave. Vous défendre publiquement, ce serait désavouer son cousin Louis XIV dont elle craint le courroux, malgré son âge avancé. Nous sommes seuls.

— Je suis duc et fils du maréchal de Vaudreuil, de qui le Grand Condé dit un jour : « L'art de la guerre s'apprend en le regardant combattre. » Diable, je me veux bien coupable de tous les crimes, sauf celui de lèse-majesté ! Comme je m'en suis expliqué devant le Procureur du roi, jamais je n'aurais souscrit à l'assassinat de Madame de Maintenon ! Ce n'est pas pour rien qu'on m'appelle « Sang-Bleu » ! Je me maintiens donc dans mes déclarations : cette machination est le fait de Philippe, ce débauché qui rêve de gouverner sans partage la France et d'en faire un lupanar pour y régner en tyran oriental ! Il savait mon hostilité à lui attribuer un rôle à la mort du roi. Il n'ignore pas non plus que j'ai convaincu Sa Majesté de faire présider le conseil de régence par ses deux fils issus de Madame de Maintenon : le duc du Maine et le comte de Toulouse, heureusement légitimés au cas où surviendrait un drame. Par la duperie ou le crime, Philippe d'Orléans tend vers un but unique : s'approprier la couronne et substituer la branche cadette des Bourbons à l'aînée. Il ne vaut rien : ni en politique, ni sur un champ de bataille. Juste bon à consommer vins et catins ! Sa Majesté, consciente de cela, m'a écouté et a agi en conséquence : voilà mon crime ! Me voyez-vous attenter à la vie de Madame de Maintenon, dont je crois avoir fait la preuve que je l'appréciais fort ? Notre roi vieillit et son sens autrefois aiguisé de la politique s'est émoussé. Je suis la première victime notable d'un complot ourdi contre la monarchie, croyez-m'en, Agravain…

— Mon bon père, je vous crois et vous reste fidèle par-delà l'opprobre public. Tenez, j'ai là une lettre d'Armance.

— Donnez…

La lettre que lui tendit son gendre, déjà ouverte, était ainsi conçue :

« Mon bien-aimé père,
Que n'ai-je Madame de Maintenon face à moi ; je saurais lui prouver combien cette calomnie qui met votre vie en péril est fausse. Vous, un serviteur zélé du roi de France,

commettre pareil crime ? Sa Majesté en personne vous l'eût commandé, vous eussiez refusé. Vous êtes la dupe de sombres volontés. Gardons confiance : Dieu ne permettra pas l'injustice de votre exécution. Je prie pour vous.

Votre dévouée et aimante fille,

Armance de Vaudreuil, comtesse de Loengrim-Vaudreuil. »

— … Mon ennui de mourir serait moindre si je n'avais ma fille et vos enfants à regretter. Car enfin j'ai vécu. Allez, pour le temps qui nous reste, ne le perdons pas en vaines tentatives, Agravain. Je vais être exécuté par la volonté du roi. Soit ! Mon honneur reste sauf devant l'éternité, ça me va. Dieu saura mieux me juger que mes pairs. Brisons là. J'entends d'ailleurs le pas lourd du gouverneur.

— Je ne vous abandonnerai pas à ce sort infamant ! J'irai voir le roi ! En dernier recours, nous vous ferons évader !

— Vous y risquerez votre tête dans les deux cas. Contez plutôt à ma fille que je l'aime et tâchez de la protéger des aléas du monde : c'est à présent votre rôle.

— Sans sa mère, il ne lui reste plus que vous pour la soutenir !

— Non, mon ami, ce devoir vous incombe désormais…

La porte s'ouvrit brusquement sur le gouverneur et trois gardes.

— Voici donc dans ce papier que vous tenez l'heure du supplice, Monsieur du Châtelet. N'est-ce pas ?

— Précisément.

— Quand ?

— Demain, à l'aube, Duc. En attendant, permettez que j'arrête, par ordre de Monsieur le lieutenant général de police, ce valet qui n'en a guère l'allure malgré sa mise fort à propos pour le rôle. Il me semble plutôt lord que domestique. Ses mains blanches et son port altier l'accablent. Je salue toutefois la tentative : j'ai bien failli y croire.

— Agravain, ne tentez rien ! Nous nous retrouverons un jour : les grandes âmes finissent toujours par se réunir. Quant à vous, Châtelet, vous êtes un lâche ! Qu'est-il besoin d'arrêter mon gendre quand je m'en vais mourir sans rechigner et ne me couvrirais pour rien au monde du déshonneur de l'évasion ?

— Monsieur de Vaudreuil, vous êtes injuste. Qu'importe, c'est là la rançon de ma charge.

— Allez, Agravain, je vous avais dit que c'était folie !

— Mon bon père, l'honneur est toujours une folie.

Les gardes se saisirent de Lord Loengrim avec ménagement tandis qu'il serrait la main du duc à lui rompre les phalanges. Avant de partir, le gouverneur ajouta :

— Mandez-moi le contenu de votre dernier repas. Un aumônier vous visitera ensuite pour ordonner votre âme.

— Sortez, Marquis !

— Je sors, Duc. Permettez ceci : Monsieur d'Argenson goûte mieux la vérité que les faveurs.

Le marquis du Châtelet referma la porte et le duc se mit en prière. Lui, le soldat irréprochable, l'homme vertueux et égal quand d'autres louvoyaient à la cour au gré des humeurs royales depuis que Versailles remplaçait la France, serait décapité. Mais l'arrestation de son gendre le mettait tellement au supplice qu'il en oublia vite sa propre peine. Le désespoir l'assaillit.

Pendant ce temps, Lord Loengrim comparaissait devant le lieutenant général de police. Il l'observa d'abord sans un mot, agitant machinalement quelques papiers devant lui. Jugeant qu'il était temps d'entrer dans le vif du sujet, il commença :

— Je connais les lois de l'Angleterre : elles nous ressemblent. Un crime de lèse-majesté est aussi grave là-bas qu'ici. N'est-ce pas ?

— Monsieur…

— Attendez que j'en finisse. Je disais qu'un crime aussi sérieux mérite châtiment. Mais que voulez-vous, j'ai mes manies : j'aime à comprendre la raison de tout forfait. Celle-là, je ne la comprends précisément pas : un homme choyé par son souverain, souvent reçu à la table de Madame de Maintenon lorsque d'autres attendaient des mois ce privilège, aurait projeté de la tuer et meurtrir ainsi son protecteur ? Cela ne me va pas. À moins qu'il fût fou. Mes entretiens avec le duc de Vaudreuil m'ont convaincu de l'invalidité de cette dernière hypothèse.

— Vous le croyez donc innocent !

— Innocent, oui, hélas pour lui. Innocent du crime ainsi que de l'affaire d'État qui se cache là-dessous. Nous ne nommerons personne, mais nous savons. Cherchez, Monsieur, et peut-être trouverez-vous à votre tour. Dans tous les cas, le duc mourra par la seule raison que le roi est trop vieux pour essuyer un scandale qui mettrait en concurrence son neveu et une femme bien peu aimée à la cour. Femme qui, m'a-t-elle confié en personne, préfère une victime innocente à une guerre civile : la politique n'a décidément pas d'âme. Quant à vous, je vous fais quitter sur l'heure Paris et vous interdis de prolonger votre séjour dans le royaume. Si vous ne respectez pas cet engagement, je ne réponds plus de votre sécurité.

— Aucun espoir n'est permis pour le duc ?

— Je ne suis pas dépositaire de l'espoir, Lord. Adressez-vous à plus haut que moi pour cette matière, répondit d'Argenson en levant un doigt au ciel.

On escorta l'Anglais secrètement jusqu'à Calais, puis, toujours sous bonne escorte, il accosta sans dommage sur les rives de son royaume. Seul, il aurait tout tenté. Sa famille lui interdisait ces folies : il se résigna et fit un voyage agréable.

Au matin, avant l'aube, une silhouette lamentable posa sa tête sur le billot préparé dans la cour de Vincennes, en présence de quelques témoins. Elle fut tranchée net : de la belle ouvrage ! La mort constatée, la dépouille du condamné fut déposée sans attente dans un cercueil immédiatement scellé, qu'on achemina ensuite jusque dans le caveau des Vaudreuil, en Province. La tête ayant été « fâcheusement » oubliée, il fallut la brûler.

Une semaine après ces événements, lorsque Armance de Loengrim-Vaudreuil et son mari aperçurent à la grille de leur château du Sussex un étranger venir à eux, ils crurent la frontière entre le monde des vivants et celui des morts rompue. Le duc de Vaudreuil se tenait souriant devant ses enfants. L'émotion passée, il s'expliqua.

Une heure après le départ de son gendre, un obscur criminel lui avait été substitué. Le duc de Vaudreuil fut, pendant ce temps, extrait du fort de Vincennes et envoyé en Angleterre par les soins conjugués des marquis d'Argenson et du Châtelet, l'ensemble de l'opération supervisé discrètement par une dame qui ne croyait pas qu'un tel homme pût lui vouloir quelque mal, ainsi que le révéla le lieutenant général de police avant de faire ses adieux au duc. Cette dame souhaita demeurer dans l'anonymat, près de son royal mari !

Le duc de Vaudreuil ne revint en France qu'à la mort du Régent, en 1723. Constatant l'état du pays durant son absence, il sentit gronder l'orage qui éclaterait avant la fin du siècle. Des années après sa mort, survenue en 1750, ses prémonitions se réaliseraient bien au-delà de ses craintes.

Chapitre 8 – Le crépuscule d'un soleil

« J'aime la venue de l'aube sur mes jardins ensoleillés… Combien je regrette de les avoir si souvent délaissés pour des vanités humaines dont je connais à présent le peu de prix ! Il est temps de m'en remettre à Dieu, n'est-ce pas mon bon Mareschal ?

— … Sire, je ne saurais mentir à Sa Majesté. Ainsi que je viens de le lui apprendre, la gangrène a atteint l'os. Je n'ai pas le pouvoir de guérir ce mal, et je le regrette amèrement.

— Ne regrettez rien, Mareschal, il est temps de "partir". Quant au pouvoir, vous faites bien de n'en point avoir. Il ronge l'homme bien plus sûrement qu'une gangrène et dévore aussi aisément les nations. Que n'ai-je mené une vie paisible dans un calme domaine retiré ? L'empereur Charles Quint a eu jadis cette sagesse d'abdiquer et fuir les affaires du monde en un monastère. Au moins, il mourut l'âme mieux préparée que moi à rencontrer son Créateur… Tiens, savez-vous, Mareschal ?

— Sire ?

— J'aurais aimé vivre chez mon cousin, à Chantilly. Là-bas, j'ai peut-être rencontré la plus exquise combinaison entre la nature et la pierre. Je ne suis pas certain que nous ayons fait mieux ici. Versailles, quoique je goûte fort mon œuvre, s'est édifié sur de mauvaises bases : une réponse courroucée à l'opulence provocatrice d'un certain surintendant dont je me suis peut-être exagéré les fautes… Ah, voilà que ma mémoire me fait défaut : comment s'appelait ce remarquable cuisinier au service du prince de Condé ?

— Il me semble que vous parlez de Vatel, Votre Majesté.

— Oui, c'est ça, Vatel ! Il composait ses plats comme Monsieur de Lully, ses notes. Je lui proposai d'entrer à mon service, mais quelque affection des sens lui fit commettre l'irréparable. Il se donna la mort pendant que je séjournais chez mon cousin. Par telle folie, il s'est privé de gloire et de l'Éternité de Dieu… Enfin, c'est à l'approche du tombeau que je vois mon erreur : avoir toujours cherché à m'élever au-dessus de tous, jusque dans ma demeure. Je n'ai pas compris la leçon de la tour de Babel, croirait-on.

— Votre Majesté est bien cruelle avec elle-même : son règne illuminera longtemps la France. Et Versailles, chef-d'œuvre de mesure et d'harmonie, tel qu'il ne s'en trouvera jamais de comparable dans les temps futurs, en est l'exact reflet.

— Ne prédisez pas le futur, Mareschal, il se conçoit sans nous consulter… Bien, il est temps de commencer mes adieux. Soyez assez bon, avant, mon fidèle médecin, de faire venir le repas ; mandez aussi la duchesse de Ventadour et le dauphin.

— J'y vais de ce pas, Sire.

— Quant à vous, Madame, ajouta le roi en direction

d'une femme habillée de noir qui priait en silence dans un recoin de la chambre, j'ai à vous parler. »

Madame de Maintenon, l'épouse morganatique du souverain, attendit que le chirurgien Mareschal referme la porte derrière lui pour s'approcher du roi.

— Vous l'avez entendu, je vais donc mourir d'une gangrène sénile. Mon corps accomplira finalement le rêve des souverains d'Europe : vaincre Louis XIV. Savez-vous, Madame, tandis que j'ai versé abondamment le sang, brisé des destins et des Nations, je ne vous connais aucun crime ? Vous êtes la plus aimable femme. Un jour, longtemps après que nous ne serons plus qu'un souvenir dans l'histoire des hommes, on célébrera avec justesse vos qualités, n'en doutez pas.

— Ne disiez-vous pas à l'instant qu'il ne fallait pas prédire l'avenir, Louis ?

— Il est vrai, sourit le roi. Maintenant, avant de comparaître au Tribunal de Dieu, permettez que je confesse un secret, le plus lourd sans doute… vous jugerez…[17] Entrez !

---

[17] L'histoire d'Henri provient du *Journal d'un valet du Roi-Soleil*, par Colin Baptiste, dont les exemplaires furent détruits sous la Régence, son auteur condamné à l'exil aux Amériques pour « Attentat à la Majesté sacrée du Grand Roy ». Certaines copies survécurent. Je fis l'acquisition de l'une d'elles dans une vente aux enchères.
Baptiste était l'un des trois valets venus servir le repas du roi en présence, notamment, de Philippe de Courcillon de Dangeau. Il raconte qu'avant d'entrer dans la chambre royale il aurait entendu le mot « secret », ce qui aiguisa sa curiosité. Après avoir accompli son service, il se serait attardé dans un escalier dérobé derrière une cloison peu épaisse pour écouter les aveux du roi à Madame de Maintenon.

Précédés par des gentilshommes de service, trois valets pénétrèrent dans la chambre, dressèrent la table à même le lit du roi, puis s'éclipsèrent promptement. Pendant qu'il goûtait ses plats, Louis XIV reprit :

— Madame, vous vous souvenez sans doute de Marie Mancini, nièce de feu le cardinal, et dont je fus un temps épris. Je l'aimais à ce point que je rejetai les arrangements matrimoniaux auxquels nous, les souverains, devons nous plier pour plaire à la raison d'État, et décidai de l'épouser. Mazarin intrigua si bien que je renonçai à sa nièce et ne la revis plus. Cependant, Marie, quelques mois après notre dernière rencontre en 1659, eut de notre union un fils. Elle l'éleva dans le plus grand secret et la plus grande détestation de son père, moi. En 1685, tandis que je chassais à Marly, ce fils dont je ne savais rien tenta de m'assassiner, aidé dans sa criminelle entreprise par un sombre personnage, Jacques Vilesprit. Les gentilshommes qui m'escortaient parvinrent sans mal à déjouer la tentative. Dans la crainte d'un plus vaste complot, les deux individus furent enfermés à la Bastille et promptement questionnés. Vilesprit succomba à ses blessures. Henri, de lignée moins infâme, résista, affirmant avec une effrayante conviction que le trône de France lui revenait de droit. En raison de sa haute noblesse, je lui laissai la vie sauve, mais enfermé dans une prison de province, le visage dissimulé à ses geôliers par

---

Pour le reste, c'est-à-dire l'entrevue de Louis XIV avec le jeune dauphin, Baptiste dévie fort peu du récit de Dangeau, in *Journal du Marquis de Dangeau,* Firmin Didot Frères, Fils et Cie, Libraires, Paris, 1854-1860.

un masque, avec ordre de ne le jamais ôter : Henri me ressemblait si étrangement qu'il eût été impossible de dissimuler sa naissance, attestée hélas. Rappelez-vous, Madame, combien l'affaire des poisons avait ébranlé mon règne. Un autre scandale n'était pas admissible, il aurait fait vaciller le trône. Songez : le royaume à nouveau la proie de divisions telles qu'en mon enfance. Un parti dissident rallié à la cause du ressentiment de cet avorton querelleur !... Cela ne se pouvait. Hélas, ma conscience m'interdit toujours de le faire assassiner. Le prisonnier fut régulièrement déplacé de geôle en geôle. Passé plusieurs années, le danger d'une sédition à peu près écarté, j'ordonnai son retour à la Bastille, où Henri s'éteignit en 1703. Quant à Marie, sous peine de mort et de disgrâce de toute sa famille, elle tut le secret le mieux protégé de mon règne. Cette mazarinette s'en est allée voilà quelques mois. Se confia-t-elle à quelqu'un ? L'histoire le dira. Cela n'est plus mon affaire. À présent, Madame, je pars l'esprit apaisé.

— Louis…

— Oh non, Françoise, n'ajoutez rien. Je craindrais vos reproches autant que la colère de Dieu… Mais voici que j'entends des pas. Retirez-vous, je dois parler au dauphin.

Madame de Maintenon sortit à reculons et, au moment de partir, souffla sur sa main un baiser pour le mourant. Midi sonnait.

Le souverain attendit encore quelques instants. Puis, il appela. Un enfant de cinq ans, très incommodé par l'odeur qui régnait dans la chambre, entra, serrant énergiquement la main de « Maman Ventadour », sa gouvernante qui l'avait sauvé elle-même des maladies contractées par son père et ses deux frères aînés, interdisant alors même aux médecins de l'approcher. Ceci lui avait valu l'estime et la reconnaissance appuyée du roi allongé et celle, plus affectueuse et indéfectible, du jeune dauphin accroché à sa robe.

Louis XIV comprit la gêne de l'enfant et demanda à la gouvernante d'ouvrir les fenêtres, ce qu'elle fit sans empressement afin de ne pas blesser son souverain. Le monarque remarqua Courcillon de Dangeau par l'entrebâillement de la porte et l'invita à se joindre aux deux autres, pour « chroniquer tout cela ». Ce dernier s'assit sur une chaise, s'inclinant et sans mot dire.

— Je constate que vous n'avez pas suivi la recommandation de Madame de Maintenon de ne point trop vous attacher à cet enfant : il vous aime plus que quiconque… que la France, peut-être.

— Sire, à cinq ans il sait encore bien peu de choses de la France.

— Il faudra qu'il apprenne vite, Duchesse. Je ne serai bientôt plus là pour lui prodiguer mes conseils. Cinq ans, c'est bien jeune. Enfin, il sera aidé dans sa charge par de fidèles sujets qui le prépareront à son règne, j'y ai veillé… Approche, mon garçon.

Le dauphin s'exécuta sans conviction. Il avait peine à reconnaître son aïeul, tant la progression du mal avait remodelé ses traits. Le roi prit sa petite main dans la sienne et commença :

— Quel est ton nom ?

— Je m'appelle Louis, grand-papa.

— Diantre, tu es bien modeste ! À ton âge, mon père, le roi Louis XIII, me fit mander et me posa la même question. Je répondis hâtivement : « Louis XIV, mon bon papa ! » Puis il me corrigea gentiment : « Pas encore mon fils… bientôt, si Dieu le veut. » Oui, tu ne t'appelles encore que Louis. Mais demain tu seras Louis XV, roi de France. Sais-tu ce que cela signifie ?

— Que tout le monde sera aussi gentil avec moi que maman Ventadour ?

— Quelle candeur ! Duchesse, elle me fait plus de bien que toutes les médications de ce bon Mareschal !… Cela voudra dire que tu auras des devoirs, car un roi gouverne et s'amuse peu. Gouverner n'est pas un jeu. Dès lors que la couronne se sera posée sur ton auguste tête, tu seras seul.

— Personne ne voudra plus jouer avec moi ?

— Quelquefois… rarement. Tu devras beaucoup travailler. Et veille par-dessus tout à respecter Dieu ; agrée-lui dans chacune de tes décisions.

— Oui, grand-papa…

— Écoute encore ceci…

Le roi moribond prit soudain le ton solennel qu'il endossait pour imposer sa majesté au monde. Il vouvoya alors l'enfant, l'exhortant à beaucoup de choses, à commencer par ne pas aimer la guerre comme il l'avait aimée. Puis il acheva en lui recommandant son peuple, dont il était le protecteur de droit divin. Épuisé, Louis XIV fit signe à Madame de Ventadour :

— Allez, Duchesse, emmenez-le, ma déchéance n'est pas un spectacle d'enfant.

— Oui, Sire.

Avant de partir, le jeune Louis regarda son aïeul avec de grands yeux impressionnés. Le futur Louis XV réalisait peut-être qu'il n'atteindrait jamais cette hauteur historique. Et de fait, il régna médiocrement, préférant les femmes à ses ministres, dont une au moins, la marquise de Pompadour, née Jeanne Poisson, mérite que la postérité se souvienne d'elle.

Et ce furent les événements qui firent tragiquement grande sa descendance : Louis XVI s'inscrivit ainsi dans la mémoire collective universelle lorsque sa tête tomba dans le panier, le 21 janvier 1793.

Le 9 septembre 1715 au matin, entouré de courtisans observant un silence sépulcral, Louis XIV abandonna au monde son corps putréfié. Quoiqu'il eut confié auparavant à son épouse avoir « cru plus difficile de mourir », à l'instant suprême, il appela Dieu à son secours.

Tâchant de masquer l'odeur pestilentielle de sa dépouille par de l'encens et des parfums, on l'exposa dans le salon d'Hercule, au pied du *Repas chez Simon le Pharisien* de Véronèse. La toile du maître vénitien figurait la première rencontre entre Jésus et Marie-Madeleine qui, après lui avoir lavé les pieds, les essuya avec sa luxuriante chevelure et les embrassa en signe d'humilité, tandis que tous s'offusquaient qu'une courtisane osât toucher le Christ. Ce geste, plein d'un amour sincère, la lavait de ses fautes passées.

Louis XIV serait-il absous, lui qui avait préféré des hauteurs presque blasphématoires à l'humilité que commande un grand pouvoir ? s'interrogèrent quelques esprits piquants, témoins de la scène.

Un règne personnel de cinquante-quatre années s'achevait. La monarchie française entamait son crépuscule. Déjà, le peuple ne pleurait plus aussi aisément ses rois disparus. Ce fut avec la plus grande discrétion qu'on emporta le Roi-Soleil à la basilique Saint-Denis. L'astre s'était couché et ne se relèverait jamais plus sur la monarchie française.

Plus tard, un aigle tenterait de voler aussi haut ; cela ne durerait que le temps d'un soupir, à l'échelle de l'histoire humaine.

Au frère Martin, de l'abbaye Saint-Adegrin-sur-Loire
Le 13 avril 1946

Sage frère Martin,

Votre dernière lettre m'a revigoré ! Vous aviez raison : je dois « retrouver le sens du temps présent, l'apprécier comme une denrée rare et en savourer toute la substance ». Vous avez, frère, une écriture contemplative, c'est apaisant pour un esprit aussi agité que le mien par mille pensées.

Je me suis en effet inventé une solitude pour ne plus souffrir des séparations, dont certaines (que je ne vous ai jamais confiées tant elles m'ont meurtri) n'ont à ce jour pas été digérées[18].

Maintenant, j'abandonnerais volontiers mon travail pour une vie de famille. Hélas, malheur à qui ne s'est « nourri » de personne pendant de longues années : il a perdu le goût des autres et, le temps de le retrouver, il est trop tard pour rencontrer l'âme sœur... Oubliez donc cela : à force d'écrire, je divague en prose !

Au fait, j'ai « emprunté » un autre mystère de votre abbaye, celui-là même que j'ai exhumé sur Antoine-François Prévost et qui aura permis notre rencontre. On saura enfin qui était cette Manon. Quelle basse vengeance de l'écrivain d'en avoir fait une femme de si peu de vertu quand on sait qu'en réalité elle fut tout le contraire ![19] *Je vous la soumettrai dès que nous nous reverrons.*

---

[18] L'allusion est ici évidente : Hippolithe Lepeintre a connu l'amour. (N.D.A.)

[19] Ce passage renvoie à l'abbé Prévost, auteur, entre autres, du célèbre roman-mémoires : *Histoire du chevalier des Grieux et de Manon Lescaut*. Mystère non élucidé, car nous n'avons aucune trace d'un semblable texte. (N.D.A.)

Je ne saurais vous dire le bien reçu de ma dernière retraite à Saint-Adegrin, grâce à votre intercession pour m'y faire admettre. Je reviendrai volontiers m'y recueillir lorsque je me sentirai dangereusement divaguer. Croyez-vous cela encore possible ?

Amitiés sincères,

Hippolithe Lepeintre

Chapitre 9 – La Sainte-Clervie

Depuis le Moyen Âge, une fois l'an, la ville de Didrubuilh en pays bigouden organisait la fête très attendue de la Sainte-Clervie, patronne de la ville, célébrée le 3 octobre.

Toutes les jeunes filles de la localité sortaient leurs plus beaux atours des armoires et se préparaient avec entrain. La petite cité côtière se parait de fleurs aux fenêtres ainsi que sur les ponts et les mâts des bateaux. Un grand portrait de la famille royale trônait sur la façade de l'hôtel de ville. Le marquis de Guérendol et les siens supervisaient les préparatifs.

La belle Adélaïde de Guérendol aurait même cette année le privilège, à la fin de la procession, d'annoncer le début des festivités en jetant du balcon de l'hôtel de ville une oie, suivie d'une poignée de sel pour écarter de la ville la mauvaise fortune : petite concession faite par les autorités religieuses aux croyances populaires. Nous étions en Bretagne !

Le volatile rappelait la légende de Clervie, dont un œil avait été arraché et mangé par une oie. Un ange avertit alors saint Guénolé qui accourut au chevet de sa sœur et, ouvrant le ventre de l'animal, replaça l'organe dérobé sans que cela altérât la pure beauté de la sainte.

À quelques lieues de là, au fastueux château de la

Terre-Brûlée, le duc de Richemarin, maréchal de France, aussi courageux sur les champs de bataille que cruel avec ses inférieurs, organisait sa propre fête, toute de débauche et de jeux pervers.

En ce moment, il rossait à coups de cravache le dos nu d'une paysanne affamée, coupable de braconnage. Les précédents outrages qu'elle avait subis la veille auraient suffi à la punir au centuple de sa faute puisqu'elle ne pourrait désormais jamais plus enfanter, le bas-ventre irrémédiablement détruit par des tortures innommables.

Cet aristocrate de quarante ans, redouté dans toute la région par les petites gens, avait les faveurs de la reine, auprès de qui il savait se montrer affable et obséquieux. Aussi pouvait-il se permettre à peu près tous les excès ; au pire, il serait « sévèrement » grondé à la cour !

Devant un parterre d'invités aussi barbares que lui, Richemarin riait aux éclats, d'un rire métallique, tel le choc de deux épées. Il finit par se lasser de sa besogne et, abandonnant là son occupation, monta en selle. Décrétant la chasse ouverte, il interdit à ses gens de porter assistance à la « drôlesse ». Quand tous les cavaliers furent partis, un domestique frondeur s'approcha de l'infortunée : elle respirait faiblement. Il la détacha pour la soigner, aidé des autres.

— Ne meurs pas, petite, un jour viendra où nous obtiendrons justice ! lui dit-il fermement. Nous agenouillerons nos bourreaux à notre tour ! Vis, au moins pour voir cela !

Hélas, les blessures, ajoutées aux sévices précédemment endurés par la pauvresse, l'achevèrent en une poignée de minutes. Alors, pris d'une rage trop longtemps contenue, le domestique, qui ne comptait pas moins de dix années de douloureux service auprès de Richemarin, souleva au-dessus de sa tête le corps frêle de la jeune paysanne et, raide comme un juge divin tenant entre ses mains le péché de la Terre, il proclama :

— Tu rendras œil pour œil, nous enseigne la Bible. Rendons œil pour œil, il est temps !

Une clameur, incroyable en ces lieux soumis à la toute-puissance seigneuriale, s'éleva. Tous réclamaient vengeance : une enfant gisait alors qu'elle devait vivre des années encore, pendant que son bourreau honni s'égayait à la chasse, insouciant de son crime. Eh bien, en ce jour de colère, il s'en souviendrait !

— Au feu ! cria une voix de femme.

— Au feu ! tonnèrent-ils tous.

À la parole le geste fut joint. On rapporta le foin des écuries que l'on entassa dans les différentes pièces du château et les dépendances ; on abattit les arbres, libéra les chevaux restés aux écuries. Enfin, chacun empoignant une torche pour avoir sa part, les flammes envahirent bientôt tous les bâtiments. Le meneur porta religieusement le corps de la paysanne assassinée ; un cortège se forma et tous prirent le chemin de la ville où leur abominable maître avait défendu de se rendre à la fête.

Le château de la Terre-Brûlée était édifié sur un grand tertre. Aussi, le feu fut rapidement visible depuis la forêt. Le duc de Richemarin et sa suite l'aperçurent et foncèrent sur le domaine. Arrivés là, ils ne trouvèrent âme qui vive ;

comprirent qu'il ne s'agissait pas d'un accident, mais d'une rébellion. La rage du duc ne connut pas de limites. Il ordonna que les hommes l'accompagnent et se rua sur Didrubuilh. Il ne doutait pas un instant que les incendiaires iraient demander protection au marquis, ce traître à sa caste qui se plaisait plus dans la compagnie de manants que des siens ! La « noble » horde finit par rattraper la colonne de domestiques, qui furent impitoyablement massacrés, enfants compris. Seul l'instigateur de la révolte survécut en tuant un obscur baron et lui dérobant sa monture pour fuir, tenant toujours serré contre lui le cadavre de la paysanne.

La procession s'achevait à peine à Didrubuilh quand il déboucha sur la place de l'église en haranguant la foule, effrayée par ce tableau tragique qui se dressait soudain devant elle en ce jour d'allégresse. Sa voix avait un tel accent de douleur que le silence se fit immédiatement : il raconta.

À la joie des festivités succédèrent alors la stupéfaction et la colère. Il souleva à nouveau le corps au-dessus de la foule afin qu'elle constate le crime. La petite morte était devenue à présent froide comme une vague d'hiver, mais beaucoup de gens lui caressèrent les mains ou le visage lorsque son porteur l'eut déposée sur le parvis de l'église, près des reliques de sainte Clervie. Ce symbole de la tyrannie supportée depuis des siècles excita la révolte.

Le marquis de Guérendol, respecté de tous, s'avança. D'ordinaire calme et posé, il parla avec un timbre de voix sombre et à peine contenu :

— Je suis noble et je tiens à ma terre de Bretagne

autant qu'à mon nom. Vous êtes, tous ensemble, cette terre. Le duc de Richemarin, dont je me suis toujours défié et que mon défunt père appelait « le diable en dentelles », n'est pas digne de noblesse. Chaque terre qu'il foule est consacrée par le Mal. Il l'a prouvé par le passé et signifié encore aujourd'hui. Quel est ton nom ? demanda-t-il au domestique.

— Jacques Cimourdain. Mon frère est curé, ajouta-t-il.

— Jacques Cimourdain, je mets ton crime à mon compte. Vous autres, prenez tout ce qui fera office d'arme. Ensemble, nous défendrons cet homme et, si Dieu le veut, Richemarin répondra de ses forfaits, acheva-t-il en désignant d'abord la jeune femme martyrisée sur les marches de l'église, puis l'horizon, où gisaient quelque part les gens assassinés par le duc et ses complices.

Les habitants de Didrubuilh s'armèrent. Lorsque Richemarin et sa suite, inconscients du danger, surgirent sur la place, ils tombèrent sous les coups mortels de leurs assaillants. Seul le duc survécut. Amené devant le marquis, son bras droit transpercé laissant dans son sillage une traînée rouge serpentant comme la queue d'une bête infernale, Guérendol le considéra avec les yeux de la justice inébranlable :

— Gilles-Donatien, tu es cent fois coupable. Deux tribunaux te jugeront aujourd'hui : le mien et celui de Dieu. Pour ma part, je te condamne à mort, quel qu'en soit le prix futur dont je porterai seul la responsabilité. Il y a là des hommes d'Église : mets ton âme en ordre si tu en as une.

Le duc railla la sentence avec morgue :

— Petit marquis dont la cour ne se soucie pas, tu oses porter la main sur un maréchal de France, protégé de la reine ? Sais-tu ce qu'il t'en coûtera ?

— J'irai voir le roi et lui conterai tes crimes. En attendant, voici l'image de notre Sauveur : implore son pardon.

Richemarin cracha sur le crucifix que lui tendait un prêtre, ce qui provoqua un murmure d'effroi parmi l'assemblée.

— Bande de chiens ! Voyez comme je défie votre idole dans laquelle je ne vois qu'une supercherie pour ignorants !

— Pour l'heure, tu ne comparais que devant les hommes : c'est ensuite qu'il faudra avoir le courage, ou la folie, de cracher dessus !

Le marquis se saisit d'un pistolet Le Page que lui tendit un soldat, mit en joue le duc et tira.

— Par cette exécution, j'affirme que votre sang ne coulera pas ! assura-t-il à la population admirative de cet homme qui bravait sa caste pour protéger les humbles.

Le marquis ne comparut jamais devant le roi, empêché par la population qui le cacha plusieurs années, jusqu'à ce jour de juillet 1789. Guérendol mit de grands espoirs dans la Révolution. Lorsqu'elle prit une tournure criminelle, il rallia les chouans, fit preuve de beaucoup de bravoure et faillit maintes fois périr sous le feu des colonnes infernales de la République. Il parvint à fuir en Angleterre et rentra en France en 1802, après l'amnistie générale des émigrés décrétée par le Premier consul.

Il laissa passer le Consulat et l'Empire sans s'y mêler,

excepté pour l'assassinat du duc d'Enghien. Guérendol comprit qu'il en était de Napoléon comme de Robespierre : le pouvoir les avait enragés. Il commit un texte véhément contre le tyran, que ce dernier reconnut pour de la très belle prose, ordonnant qu'on n'inquiétât jamais son auteur[20].

Le marquis acheva sa vie paisiblement, près de son vieil ami Jacques Cimourdain. Ensemble, ils avaient traversé les intempéries de l'Histoire, de la Vendée jusqu'à l'Angleterre. Ils moururent à deux mois d'intervalle. Suivant le vœu de la famille du marquis, ils reposent désormais pour l'éternité dans le caveau des Guérendol, au cimetière de Didrubuilh.

---

[20] *Le crime d'Enghien pour un empire*, par Armand-Marie, marquis de Guérendol, avril 1804.

Au frère Martin, de l'abbaye Saint-Adegrin-sur-Loire
Le 25 juin 1950

Frère, mon ami,

Je reviens de Vendée. Je vous ai écouté, je me promène.

J'aime la Vendée et sa modeste allure. Tout ici semble résigné à l'humilité. Les gens y sont peu bavards, mais ils ont bonne âme. Chacun se contente de ce qu'il possède et remercie Dieu du peu concédé. Je m'y verrais bien vivre pourvu que tout demeure en l'état et ne se laisse pas happer par ce progrès dévoreur de campagnes !

Je suis enfin allé voir le « Trou du diable » ! Papa m'en avait tant parlé ! C'est impressionnant ce que la nature peut avoir de spectaculaire : on croirait entendre un lion rugissant quand les vagues s'engouffrent dans cette falaise en forme d'arche. Les enfants adorent s'y retrouver pour se faire peur. Leurs cris, mêlés au fracas de l'eau, font un fameux capharnaüm !

Je suis toujours plongé dans la Révolution. Mais je me perds. Tout ça s'est passé en si peu de temps et il y a là plus de matière que dans mille ans de Moyen Âge. Je ne l'épuiserai pas toute.

Mes maux ressurgissent. Ils me troublent la pensée au point que je dois souvent arrêter d'écrire.

À force d'avoir fouillé les passés qui n'étaient pas le mien, et vécu seul, me voilà bien abîmé. Si je devenais fou ?

Tiens, il vaut mieux que je vous laisse là plutôt que de vous inquiéter inutilement.

Amitiés sincères,

Hippolithe Lepeintre

Chapitre 10 – Un révolutionnaire solitaire[21]

« J'affirme qu'il s'est rendu coupable d'intelligence avec l'ennemi.

— Avez-vous, citoyen Vilesprit, quelque intérêt personnel à nous livrer la trahison de cet homme, que l'on dit au-dessus de tout soupçon ?

— Mon seul intérêt, c'est la patrie.

— Cette question ne vous était pas adressée : je me la posais seul. »

Vilesprit, scrutateur et inquiet, garda prudemment le silence en tâchant de suivre le pas rapide de son puissant interlocuteur, en quête d'indices capables de l'alerter. Ils avançaient ainsi dans un long couloir, désert à cette heure, n'étaient quelques gardes en faction. Le dénonciateur avait cherché Robespierre la veille, sans succès. Mais il était persévérant et avait fini par le débusquer ici même.

En effet, à la suite d'un discours prononcé devant les députés contre les ennemis de la Nation en danger, ce titan de la Révolution n'avait pas reparu depuis plusieurs jours à la Convention et aux Jacobins. Suivant une technique rodée, il laissait chacun méditer ses propos

---

[21] L'événement rapporté ici est extrait de *Robespierre raconté par ses témoins*, Anatole Anchou, Éditions de l'An I, Rouen, 1936.

accusateurs et craindre pour sa tête, ce qui lui vaudrait de perdre la sienne. À trop menacer ses proies, elles se muent en prédateurs !

Soudain, Robespierre s'arrêta, récitant une locution latine de sa façon : « *Audi, vive, tace si vis vivere in pace* ». Si Vilesprit avait l'intelligence du mal – pour autant que c'en fût une –, l'instruction lui faisait absolument défaut. Il ne comprit donc pas la sentence de l'avocat d'Arras : « Écoute, vis, tais-toi si tu veux vivre en paix. » Il marcha à nouveau, lentement cette fois, les mains puissamment serrées dans le dos, tel un professeur méditant.

— Vous accusez, ce me semble, un très honnête homme qui a toujours servi la Révolution, et n'ignorez pas que si la chose est avérée, Yves Renaud montera à l'échafaud pour haute trahison. C'est une accusation grave... très grave. Les temps sont rudes, citoyen : les Nations despotiques nous assaillent aux frontières et la Vendée livre une guerre impitoyable contre notre juste cause. Renaud motive les patriotes par ses articles ; il y exalte le courage de chacun : sa mort serait un rude coup porté au moral révolutionnaire, particulièrement si elle reposait sur un mensonge, m'entendez-vous ? Vous devez être sûr de votre fait et m'apporter la preuve indiscutable de sa culpabilité. Je ne saurais me contenter de confidences d'alcôve. Nous ne sommes plus au temps de Versailles où un simple murmure avait le pouvoir d'embastiller.

— Je le ferai, citoyen Robespierre !

— Fort bien. Mais, je le répète afin d'être bien compris, prenez garde à votre tête si tout cela relevait d'une vengeance personnelle : elle ne pèserait pas lourd.

Cet avertissement, prononcé comme un arrêt, glaça le sang de Vilesprit. Il sentit le danger de sa situation, s'éclipsa promptement, et ni la Révolution ni l'Empire n'entendirent plus parler de lui. Il revint aux affaires plus tard, à la Restauration, en monarchiste convaincu et riche d'une fortune douteuse, qu'il accrut encore démesurément jusqu'à sa mort.

Pour l'instant, la suspicion avait germé dans l'esprit de Robespierre, hanté par les complots antirévolutionnaires. En chacun il soupçonnait un coupable, sombrant dans la solitude du pouvoir qui ne se partage pas, même avec Dieu. Robespierre le mystique défrichait la Révolution de ses mauvaises herbes sans discernement, coupant bien souvent des têtes utiles à la patrie. Nous étions en 1794, un mois avant sa propre exécution.

En ce moment, il pesait le pour et le contre, relisant une liste de noms à adresser au Comité de salut public. Il y ajouta finalement celui d'Yves Renaud pour « intelligence avec l'ennemi », sans attendre les preuves promises par Vilesprit, qui ne viendraient jamais. Renaud était de toute façon coupable d'être un proche de Fouquier-Tinville, l'accusateur public : cela suffisait à le condamner.

Parvenu au palais des Tuileries où siégeait le Comité, dans les anciens appartements de la reine, sa terrible liste volontairement en évidence, il rencontra justement Fouquier-Tinville venu faire son rapport. Lorsque ce dernier l'aperçut avec la liste, il ne put réprimer un frisson, craignant toujours d'y découvrir son nom. Tous deux se haïssaient, mais seul Robespierre avait le pouvoir et, surtout, l'adhésion du peuple. Pour l'instant, les deux hommes se jaugeaient tels deux duellistes.

— Auriez-vous froid, citoyen ? Il me semble que l'air est pourtant bien agréable ici.

— Un frémissement passager, Robespierre, pas de quoi perdre la tête ! railla l'accusateur.

— Citoyen, voici une liste de suspects qui intéressera le tribunal révolutionnaire. Je me proposais de vous la faire parvenir. Comme vous voilà providentiellement devant moi, je vous la remets en main propre.

— Vous avez beaucoup de providence dans la bouche, Robespierre. La foi en la Révolution vous manquerait-elle à ce point que vous invoquiez les vieilles chimères de la religion ?

— La providence m'aide souvent à déceler les traîtres, citoyen Fouquier-Tinville. Je lui dois bien quelque respect.

— … Au fait, voyons votre nouvelle liste.

Robespierre la lui tendit. L'accusateur la déroula, soulagé, sans rien laisser paraître, de ne pas y figurer. Toutefois, découvrant le nom d'Yves Renaud, il ne se contint plus.

— Qu'est-ce que ceci ? Renaud est la probité même ! Il n'a qu'un seul dessein : le triomphe de la Révolution. Je proteste !

— Quoique votre ami, à ce qu'il paraît, il est coupable. La Nation n'a que faire des intérêts particuliers des uns et des autres : seul compte son triomphe sur ses ennemis, citoyen.

— Robespierre, vous finirez par guillotiner la France si l'on vous laisse agir ! À force de rêver de Rome, vous vous croyez César, ma parole ! La Révolution n'est pas votre chose : elle appartient au peuple !

— Je sers le peuple, particulièrement contre ceux-là mêmes qui l'accablent de promesses et le trompent en silence. Je vous abandonne donc César et je veux bien être Brutus.

— Vos déclarations insinuantes irritent de plus en plus, méfiez-vous !

— La vérité n'irrite pas les vrais patriotes. Quant à ce Renaud, j'ai la parole d'un honnête citoyen, et j'entends le confondre.

— Je n'ai pas d'autre choix que d'enquêter : j'enquêterai. Mais viendra un jour…

— Ce jour n'est pas venu : diligentez !

— Vous parlez comme un roi, vous mourrez comme un roi !

— Allez, prophète de malheur, j'ai à faire.

Ne se doutant pas de ce qui se tramait, Yves Renaud mettait la dernière main à un article de son journal quand entrèrent deux hommes en arme, suivis d'un commissaire du peuple.

— Citoyen Renaud, au nom de la République tu es en état d'arrestation pour avoir enfreint la loi du 22 prairial, an II et, je cite : « cherché à égarer l'opinion et à empêcher l'instruction du peuple, à dépraver les mœurs, à corrompre la conscience publique et altérer l'énergie et la pureté des principes révolutionnaires et républicains, ou à en arrêter les progrès, soit par des écrits contre-révolutionnaires ou insidieux, soit par toute autre machination. » Nous avons ordre de saisir tous tes papiers ainsi que tes lettres.

— Je suis innocent : faites votre office. Mes lettres, vous les trouverez dans un coffre, au pied de mon lit, à l'étage.

Renaud n'opposa aucune résistance, sûr à la fois de son innocence et de mourir sur l'échafaud. Sans qu'il eût besoin d'explication, il avait deviné la main de Vilesprit derrière cela. Celui-ci se vengeait d'avoir été jadis éconduit par Adeline Blanchard. Elle avait épousé Renaud et était morte deux ans avant 1789 d'une mauvaise fièvre, lui laissant une fille ayant depuis émigré en Angleterre avec son mari, tous deux hostiles à la Révolution.

Le commissaire envoya un soldat récupérer le coffre, que ce dernier traîna bruyamment dans les escaliers. Tous prirent place ensuite dans une carriole, devant les ouvriers effrayés de Renaud, craignant un sort identique. Ils attendirent son départ et s'enfuirent.

Cette providentielle dénonciation tombait à point nommé : elle affaiblirait Fouquier-Tinville, pensait alors Robespierre. Vilesprit servait ainsi, malgré lui, des desseins plus hauts que sa rancune personnelle.

Au tribunal, Fouquier-Tinville énonça les griefs contre Renaud, produisant des lettres de sa fille où celle-ci écrivait tout le mal qu'elle pensait de la Révolution. Il avait au préalable mesuré le danger de défendre son ami d'hier et prononça contre lui un réquisitoire impitoyable. L'accusé fut reconnu coupable, condamné à être guillotiné place de la Révolution, à six heures du soir le jour même. On l'enferma à la maison de Justice de la Conciergerie. Dans un cachot humide, avec d'autres malchanceux, Renaud attendait l'exécution de sa sentence.

Robespierre se rendit sur place, s'installa dans un bureau crasseux et ordonna qu'on lui amène le prisonnier. Mis en présence de son véritable accusateur, Renaud, fin psychologue, tomba les masques :

— Citoyen Robespierre ! On ne peut encore assiéger la forteresse Fouquier-Tinville, alors on brûle ses dépendances. Je vous ai deviné derrière tout ça, certainement aidé par Vilesprit, n'est-ce pas ? Souvenez-vous du *Cid*…

— « À vaincre sans péril, on triomphe sans gloire » ?

— Exactement, Monsieur l'homme au sang froid.

— Citoyen Renaud, je suis le dépositaire de la Révolution et je ne demande à la postérité que de se souvenir d'elle. Qu'importent les moyens lorsque le but est noble. De toute part, nous sommes assaillis. Et vous voudriez que je négocie avec nos agresseurs du dehors, comme du dedans ? Je n'abandonnerai pas la patrie aux intérêts d'une poignée de lâches et de profiteurs. Jamais.

— La Révolution, vous l'offrez à l'abîme. C'est par vous seul qu'elle saigne… Cependant, je ne vous crois pas ici pour me chanter ses louanges. Qu'attendez-vous de moi ?

— Fouquier-Tinville vous a trahi : livrez-le et vous êtes libre. Contez-moi ses secrets.

— Il en a, comme tous les hommes.

— Je sais qu'il complote : confondez-le et je vous fais sortir d'ici.

— Alors je reste enfermé…

— Vous décidez donc de mourir ?

— Je décide de demeurer l'homme que je suis. Je ne m'abaisserai donc pas à la vengeance, Robespierre, quoique ma déception soit grande de voir la politique avilir à ce point les individus, à commencer par ceux que je croyais connaître. J'aime la Révolution pour ce qu'elle a soufflé de liberté sur un pays dominé pendant des siècles par une poignée de tyrans. Hélas, elle a le souffle court à présent qu'elle est devenue Saturne dévorant ses enfants. Vous servir, ce serait la trahir encore plus : je préfère la mort. Vous perdez donc votre temps à vouloir me faire entrer dans ce jeu macabre ; un temps que je prédis court. Votre fanatisme fait des émules, attention ! L'histoire vous tuera d'abord ; ensuite elle vous jugera. On se souviendra de vous, soyez-en certain ; on se souvient aussi de Néron ! Je n'ai sans doute pas votre intelligence politique, mais j'ai du cœur, et je m'en irai tantôt avec. Adieu, nous n'avons plus rien à nous dire.

— Adieu, citoyen Renaud. Sachez cependant que servir l'État impose une abnégation de tous les instants et l'oubli de ses particularismes. Mon cœur n'y a pas sa place : seule ma raison commande. Je regarde le monde de beaucoup plus haut que vous.

— Votre chute n'en sera que plus violente !

Robespierre fit raccompagner Renaud dans sa cellule et quitta la Conciergerie, l'abandonnant à son destin. Il goûterait lui aussi, bientôt, au « baiser de la Veuve ».

Un peu avant six heures, le couperet descendit dans ses glissières et trancha la tête du citoyen Yves Renaud devant un parterre devenu indifférent à cette sorte de spectacle. Le 10 juillet de la même année, reconnu hors-la-loi par l'accusateur public, Robespierre monta à son tour sur l'échafaud, ainsi que l'avait prophétisé Renaud. Le 7 mai de l'année suivante, la tête de Fouquier-Tinville tombait pareillement. La Révolution s'assagit comme la mer avant la tempête, qui emporterait le navire France jusqu'aux récifs de Waterloo.

Vilesprit décéda le 8 février 1828, à Nantes. Il abandonnait au royaume une considérable fortune, décuplée par la reprise de la traite négrière, décidée par Napoléon et toujours en vigueur sous la Restauration. Non qu'il en fît don : il était fort heureusement le dernier de sa race !

Frère,

Hier soir, j'ai dîné en société ![22]

Je dois cela à une personne de qualité qui, depuis quelques semaines, séjourne à côté de chez moi. Elle est veuve, s'appelle Laure Marine. C'est une femme exquise : elle ne parle qu'avec grâce et intelligence. Nos échanges sont aussi riches qu'exaltants.

Laure a une fille et deux petits-enfants qui viennent la voir régulièrement depuis qu'elle s'est installée ici, après avoir habité Rouen toute sa vie avec son époux, mort récemment. Craignant de les heurter par ma présence, nous avons convenu tous deux que je ne les rencontrerai pas... pour l'instant.

Suivant notre humeur, nous marchons dans la campagne, poussons jusqu'à la mer ou restons chez l'un ou chez l'autre à délicieusement égrener les heures, parfois la soirée.

Je vous devine, frère : vous allez croire plus que je n'écris. Eh bien, je vous décevrai : ce que Laure me donne, je le prends sans en exiger plus. Cette femme compte cinq

---

[22] Il est intéressant de lire cette lettre à la lumière d'*Une balzacienne*. Lepeintre parlant peu de sa maigre vie sociale, on ne peut affirmer avec certitude qu'il ait connu une aventure amoureuse avec Laure Marine. Cependant, on notera la concordance entre cette femme et certains traits du personnage de Madeleine de Razat. Fantasme ou expression d'une certaine réalité ?
Il ne sera plus jamais fait mention de Laure Marine dans la correspondance de Lepeintre. La petite-fille de Laure Marine, Lisa Mancelle, m'a avancé une violente crise d'Hippolithe qui força sa grand-mère à déménager et ne plus le revoir. (N.D.A.)

années de mieux que moi et ne veut plus s'engager sur les sentiers tortueux de la vie amoureuse... pas pour l'instant.

Dieu qu'elle m'inspire ! Elle est cause de digressions dans mon travail ! En effet, voilà que je puise dans des anecdotes qui, pour être authentiques, n'en sont pas moins fort éloignées de mon projet initial de raconter les secrets de la grande Histoire.

Le temps de vous saluer et je me prépare : aujourd'hui nous partons déjeuner à Cabourg !

Amitiés sincères,

Hippolithe Lepeintre

Chapitre 11 – Une balzacienne

« *La Vallée, le 20 juin 1867*
Je me sens l'âme d'un poète froid, remplissant ses heures de vers creux.

Madeleine, rien ne me vient que des rimes bêtes. Elles me narguent et me pointent les hauteurs que je n'atteindrai jamais lorsque je lis mes contemporains.

Si vous saviez combien ma cheminée se régale de mes feuilles froissées, couvertes d'une écriture sans goût et gonflée de platitudes que j'ai même honte d'imposer aux flammes.[23]

Alban me dit de persévérer, que lui aussi (le délicat menteur !) a connu cette incontournable faiblesse de la composition. Il n'empêche, le voilà pour l'éternité des hommes, et plus encore, un prince au royaume des poètes quand je n'y serai qu'un manant.

Enfin, vous viendrez, vous me l'avez promis dans votre lettre ! C'est une nouvelle qui me ravit plus que je ne songerais à l'écrire, je ne vous apprends rien.

Eh quoi, vous avez quinze ans de plus que moi, protestez-vous ! La belle affaire ! Diane était bien plus âgée et Henri ne l'en aimait pas moins. Ne nous encombrons pas de ces détails qui n'intéressent pas nos cœurs !

Venez. Aimons-nous ainsi que ce jour dans votre

---

[23] Phrase prémonitoire qui renvoie inévitablement à l'autodafé de Lepeintre. (N.D.A.)

enchanteresse propriété, parmi ces étangs au bord desquels vous vous êtes offerte dans toute votre beauté.

Cessez de compter votre âge, ou alors laissez-moi vous en inventer un autre auquel je vous forcerai de croire, ma tendre chérie !

Guillaume-Alexandre de Taince...

Qui vous attend comme un enfant son cadeau ! »

Enfermant précautionneusement la lettre dans un coffre dont elle conservait toujours la clef attachée autour de son cou, Madeleine de Razat soupira entre satisfaction et détresse. Satisfaction, parce qu'elle n'avait pas été abusée par Guillaume-Alexandre en se donnant à lui une première fois : il l'aimait bel et bien ; détresse, car sa fille Athénaïs adorait en retour ce jeune homme.

Madeleine se trouvait aussi un peu honteuse d'avoir failli au sacrement du mariage, elle si pieuse ! Et, quoique son mari ne s'encombrât pas de tels cas de conscience en la matière, au vu et au su du Tout-Paris, elle s'oppressait l'âme, fidèle à ce siècle de tourments amoureux exacerbés et contrariés. Puis il y avait Athénaïs. Pauvre enfant ! Mais l'élan des sens étourdit les esprits qui ne se maîtrisent alors plus. À l'heure de s'imaginer seule avec son amant, la « pauvre enfant » ne pesait en vérité pas lourd dans le choix de sa mère de rejoindre son amant.

Il n'y avait pas loin de l'hôtel particulier de Razat, rue Laugier à Paris, jusqu'au village de Verneure-sur-Seine, dominé par le château de La Vallée, fief historique des Taince depuis le XIIe siècle. Il n'était pas midi et Madeleine pouvait être prête en une heure. Elle avait fait une promesse à Guillaume-Alexandre durant leur dernière entrevue au bois de Boulogne, celle de séjourner quelque temps à La Vallée, et manquer à sa promesse eût été déshonorant pour une femme de sa condition ! Le domaine, hors les domestiques, serait désert pendant deux mois, lui avait affirmé Guillaume-Alexandre. Ses parents passaient l'été en Italie chez le prince de V., son grand-oncle paternel. Athénaïs serait mortifiée d'apprendre la vérité, car elle l'apprendrait immanquablement tôt ou tard. Tout se savait à Paris ! La tentation lui brûlait trop le ventre pour résister : les remords viendraient plus tard !

Mais qu'en serait-il alors de cette dame révérée par la plus haute société et consultée pour la justesse de ses opinions, tant par les ministres que les artistes ? À son âge, Madeleine ne devait-elle pas se soumettre à la raison plutôt qu'aux désordres de la chair ? protesta-t-elle une dernière fois.Elle se prépara finalement, vaincue par le bonheur de la faute charnelle réitérée. Dès lors qu'elle aurait franchi les grilles de La Vallée, elle appartiendrait à Guillaume-Alexandre, sans autre souci que celui du temps présent. C'était dit !

Moitié française, moitié anglaise, Madeleine Loengrim de La Roche était entrée dans la vie en 1818. La même année, sous la plume de Mary Shelley, un moderne Prométhée créait un monstre plus mélancolique que mauvais, dont la postérité retiendrait la cruauté et le malheur mêlés.

Madeleine avait connu une jeunesse liée à un nom et une fortune qui l'avaient protégée des réalités triviales du monde et l'avaient enchaînée à sa caste. Elle s'était donc mariée avec l'innocence et la bonne volonté des filles de son rang ; avait accepté avec résignation son sort d'épouse, sinon enviable, du moins supportable. Et pour conjurer sa mauvaise fortune amoureuse, elle s'était consacrée presque exclusivement à l'éducation de sa fille unique, née le jour où se couchait définitivement le soleil de Juliette Récamier, en 1849.

Madeleine, à présent sans illusions, aurait pu continuer ainsi son existence ordonnée et monotone – les écarts tapageurs de son mari ne la faisaient plus pleurer depuis longtemps – si ce « maudit » Guillaume-Alexandre – elle n'en pensait pas un mot ! – ne l'avait abordée au bal du duc de Morny. Ils s'étaient plu tout de suite sans se le dire, s'étaient beaucoup parlé, s'étaient aimé noblement avant de se livrer corps et âme un jour que la conversation ne pouvait plus contenir leurs désirs.

Madeleine rêvassait, tandis qu'elle dépassait Mantes-la-Ville. Guillaume-Alexandre représentait sa seule chance de connaître les enchanteurs débordements de l'amour. Ensuite, elle devrait vieillir et le laisser épouser une femme de son âge qui lui donnerait une progéniture, ce dont elle-même était incapable : il lui avait fallu attendre dix ans pour mettre au monde sa fille.

Si elle se précipitait présentement dans les bras de son amant pour avoir plus tard un souvenir d'amour tangible, elle n'oubliait pas que tout cela n'était qu'une illusion de passage.

Une heure plus tard se dressait l'église Sainte-Gisèle de Verneure-sur-Seine. Sur les hauteurs du village, un ondulant mur de pierre ceinturait l'immense domaine des Taince abritant un château à l'allure extraordinaire. De l'autre côté, l'entrée principale déroulait un jardin italien que, disait-on, l'empereur lui-même enviait à son propriétaire, le comte Félix de Taince, personnage haut en couleur ayant considérablement augmenté sa fortune grâce aux travaux d'assainissement de Paris entrepris par le baron Haussmann.

Le père de Guillaume-Alexandre, par ailleurs fort lettré, s'était attiré les louanges du milieu littéraire français par un fait d'armes dont on parlerait longtemps. Croisant dans un salon mondain Ernest Pinard, conseiller d'État et ancien procureur, il avait refusé de lui serrer la main. Ledit Pinard était connu pour avoir, entre autres, instruit un procès à charge contre *Madame Bovary*, pour atteinte aux bonnes mœurs. « Monsieur, lui avait superbement lancé le comte, en d'autres temps, vous auriez condamné le *David* de Michel-Ange pour sa lascive nudité ! La bêtise portée à ce pinacle me laisse admiratif ! Remerciez toutefois Monsieur Flaubert : grâce à lui, l'histoire vous retiendra comme un sot de premier ordre ; ce qui n'est, à bien y regarder, pas mal, compte tenu de votre faible talent ! »

Ernest Pinard avait décampé aussitôt sous les quolibets.

Félix de Taince ignorait, étant donné à l'époque le peu de retentissement de cette seconde œuvre incriminée, que Pinard avait perdu une proie pour en saisir une autre, *Les Fleurs du Mal*, qu'il parvint à faire condamner.

Lorsque Madeleine descendit de voiture, elle ne

rencontra d'abord pas âme qui vive. Renvoyant son cocher à Paris, elle pénétra dans la luxueuse entrée circulaire du château, ornée de cariatides soutenant un dôme de verre par lequel se déversait le jour. Guillaume-Alexandre, qui l'avait entendue venir, la contemplait derrière une colonne avec gourmandise. Rassasié, il se précipita à ses genoux.

— Madame, pour une poignée de jours, croyons à ce rêve infantile du temps arrêté. Ne nous soucions que de l'instant fragile qui unit un homme et une femme dans ce bien-être égoïste de l'amour nouveau. Voulez-vous m'accorder cela, Madeleine ?

Pour toute réponse, un baiser délicat se posa sur les lèvres du jeune homme, et Madeleine de Razat se donna sans restriction.

Les journées commencèrent tard et les nuits de sommeil furent rares. Ils vagabondaient dans les environs, où Guillaume-Alexandre avait grandi et puisé son inspiration ; poursuivaient un dialogue amoureux où l'esprit ne le cédait en rien aux sens. Une fois, ils poussèrent jusqu'à la mer et admirèrent le large, dans la jeune station balnéaire de Cabourg.

Une vie demande des parenthèses pour supporter le cours de sa pénible narration. Guillaume-Alexandre était cette parenthèse. Madeleine l'avait ouverte sans se soucier du temps qu'elle mettrait à la refermer. Hélas, les événements du dehors se chargeraient bientôt de lui rappeler qu'au-delà de son amour inconscient était le monde qui n'avait pas cessé de tourner.

Un matin, pendant qu'elle déjeunait sur une terrasse

encombrée de plantes exotiques, sorties de l'orangerie pour l'été, un coursier vint apporter un pli à Madeleine. Ceci alarma Guillaume-Alexandre, qui le réceptionna. Qui pouvait savoir qu'elle séjournait ici ? Elle avait prétexté une visite chez quelque cousine dans le Berry, ladite cousine étant dans la confidence et digne de confiance. Il lui tendit la lettre, tremblant ; elle l'ouvrit, lut et s'évanouit. Guillaume-Alexandre se précipita et, tandis qu'il redressait le corps inanimé de sa bien-aimée, il ne put réprimer la tentation de lire à son tour.

« Paris, le 16 juillet 1867

Madame,

Je prends la liberté de vous écrire chez votre amant pour vous annoncer une bien triste nouvelle. Athénaïs n'est plus et son âme en grand danger : elle s'est donné la mort.

À partir des informations dont je dispose, vous seriez la cause de ce geste insensé.

En effet, par des indiscrétions parisiennes, elle a appris, voici deux jours, le motif réel de votre absence.

Vous n'ignorez pas qu'elle concevait des sentiments excessifs pour Guillaume-Alexandre de Taince, dont vous avez, à ce qu'il paraît, les faveurs.

Ne revenez pas à Paris, vous y êtes devenue indésirable. Le monde sait. Monsieur votre mari me fait dire qu'il évitera le scandale pourvu que vous ne reparaissiez plus devant lui. Il ne vous souhaite pas à l'enterrement d'Athénaïs, qui se fera sans le recours de Dieu, hélas : le suicide est un péché irrémissible.

Monsieur vous attribue par ailleurs la propriété de La

Tuilerie ainsi qu'une pension annuelle de cent mille francs.
Adieu, Madame, puisse le Ciel vous pardonner…
Hector de Breuil. »

Guillaume-Alexandre fit venir un médecin de campagne, un certain Pascal. Madeleine était éveillée, mais ne parlait pas. Quelques jours passèrent ainsi, pendant qu'on enfermait sa fille dans le caveau des Razat pour toujours et en son absence très remarquée. Au dixième jour, elle se leva, encore plus belle maladive que sereine. Lorsque son amant l'approcha, elle l'arrêta d'un geste ferme :

— Ma fille est morte, tu ne l'ignores pas, Guillaume-Alexandre. Tu as assez de talent pour qu'on le reconnaisse un jour ; moi, je veux être oubliée. Je vivrai recluse, c'est mon souhait. J'irai pour cela chez Dieu qui m'a repris mon enfant de si effroyable façon. Là, je serai à l'abri de possibles bonheurs qui atténueraient mon chagrin et me rendraient encore plus odieuse à moi-même. Madeleine Loengrim de La Roche n'est plus.

Guillaume-Alexandre était de ces hommes qui sentent instinctivement la puissance des mots. Il venait d'entendre la plus pénétrante renonciation à la vie, s'inclina.

Il voyagea beaucoup, connut le succès littéraire prédit par Madeleine. Dernier des comtes de Taince et sans descendance, il mourut à un âge avancé et admiré de tous, particulièrement des naturalistes. Jamais, dans son œuvre, il ne fit pourtant mention de ce drame de jeunesse. Il s'en confia toutefois à une amie qui le relata dans un article très émouvant de *l'Aurore*[24], paru après sa mort. On y apprend que ce drame lui ouvrit en fait les portes de l'inspiration.

Madeleine Loengrim de La Roche décéda après trente-trois années passées au couvent des Sœurs de La Contrition, congrégation aujourd'hui disparue.

---

[24] Adèle Léopolde, « Le malheur pour écrire », *l'Aurore*, n° 88, 14 janvier 1898.

Au frère Martin, de l'abbaye Saint-Adegrin-sur-Loire
Le 25 mars 1957

Cher et bien-aimé frère,

Il faut parfois laisser reposer les livres et écouter les témoignages. Je l'ai fait pas plus tard que dimanche, amené à parler de moi, chose rare, à une dame parisienne venue passer quelques jours à Honfleur où je me trouvais.

À son tour, elle m'a offert un récit enchanteur, vrai, m'affirma-t-elle, dont sa mère fut l'heureuse héroïne.

Je ne me perdrai pas aujourd'hui en de longues démonstrations épistolaires et espère recevoir promptement de vos nouvelles.

Amitiés sincères,
Hippolithe Lepeintre

Chapitre 12 – Un rêve américain[25]

Imitant la foule autour d'elle, Marylène Deville regardait passer le cortège dans un silence religieux. D'abord venait un escadron de cuirassiers dont les uniformes brillaient sous le ciel triste de ce jour de deuil national. Les cavaliers rutilants étaient suivis par le gouverneur militaire de Paris, le général Saussier, dont la solennité attestait qu'il prenait la mesure de sa mission. Suivaient ensuite onze chars croulant sous le poids des couronnes mortuaires, des bouquets et des milliers de fleurs jetées par les anonymes, dont beaucoup s'échouaient sous les sabots des chevaux, laissant dans leur sillage une traînée de couleurs vives.

Écrivains, académiciens, journalistes, hommes politiques et officiels de la ville de Besançon marchaient, têtes basses, sombres comme des orphelins. Clemenceau essayait de contenir son émotion ; Zola se rêvait en héritier : Hugo mort, il entendait monter sur le trône des lettres françaises. Enfin, contrastant avec la richesse de l'ensemble, avança, isolé, le corbillard du pauvre,

---

[25] Je dédie ce conte heureux à Madame Déa Vacquerie, née Rodolphe, qui retrace, à peu près comme elle me l'a rapporté, l'extraordinaire destin de sa mère. Un destin qui est la preuve, s'il en fallait une aux plus incrédules, que le rêve s'immisce quelquefois pour le meilleur dans la vie des femmes et des hommes.

contenant le cercueil d'un vieillard pleuré par toute une nation, particulièrement les humbles et les oubliés dont il avait écrit la légende.

D'autres délégations venues de toute l'Europe accompagnaient elles aussi le convoi. Boutiques, cafés et restaurants avaient fermé pour l'occasion, tandis que le peuple de Paris saluait la dépouille d'un bienfaiteur de l'humanité et des arts.

Vers deux heures de l'après-midi, le corbillard s'immobilisa devant les grilles du Panthéon, rendu définitivement à sa vocation révolutionnaire de sanctuaire des grands hommes de la Patrie reconnaissante, ce 1er juin 1885. Marylène écouta les premiers discours prononcés sur le parvis de l'église Sainte-Geneviève où le cortège immense continuait de converger. À la fin de la journée, avec sa seule famille, Victor Hugo entra dans la crypte du Panthéon, qu'il ne devait plus quitter. Désormais dans cette éternité à laquelle il se frotta dans ses vers, le poète-titan prit un repos mérité.

Marylène s'éclipsa avant la fin : les préparatifs du bal de sa maîtresse, donné le soir même à l'hôtel particulier de ses parents, devaient battre leur plein, et c'est avec mauvaise grâce que Sylvanie Langon l'avait autorisée à rendre hommage à ce « perturbateur » dont elle n'avait « pourtant rien lu » !

Le père de « Mademoiselle » avait vu les choses en grand pour les vingt printemps de sa fille. Puissant banquier de la place de Paris, Auguste Langon se targuait d'être un collectionneur de peintures qui, contrairement à ses confrères, regardait résolument vers l'avenir. Ainsi, sur les murs d'un ancien prieuré du pays d'Auge racheté à bas prix et restauré à grands frais pour réparer les ravages de 1793, s'accumulaient des toiles de Manet, Degas, Monet, Pissarro, Sisley, et, pour les plus anciennes, Géricault, Chassériau et Delacroix. La mièvre perfection d'Ingres le rebutait, mais Auguste Langon conservait tout de même un austère portrait de sa mère par l'artiste.

Il savait sa femme volage, se résignait à ses écarts, étant donné son embonpoint et ses quinze années de plus qu'elle, pourvu qu'elle se fît discrète. Mais la rumeur allait bon train. En vérité, seule sa fille unique intéressait le banquier. Il aurait décroché la Lune pour lui plaire. Habituée à tout obtenir des largesses de son père, la jeune femme était, à force d'adoration paternelle, devenue irrémédiablement capricieuse et égocentrique. Ce soir, un parterre de prétendants s'agenouillerait à ses pieds : elle en était vaniteusement ravie d'avance. Et chacun d'eux aurait sa part de moqueries plus ou moins cruelles.

Celle que l'on surnommait dans le grand monde « la princesse bourgeoise » régnait dans le cœur des plus beaux partis de la capitale et, suivant un plan machiavélique consistant à inviter toutes ses rivales après les avoir calomniées à foison, sa victoire serait complète : on n'aurait d'yeux que pour Sylvanie Langon.

Marylène, en nage, se présenta devant sa maîtresse, immédiatement rabrouée :

— Ah ça, ma fille, il a bien choisi son jour, votre écrivain, pour être enterré ! A-t-on idée de faire autant de manières et de dépenses pour un vieux fou dont les idées nous précipiteraient dans une nouvelle révolution pour peu qu'on les applique ! L'éducation pour tous ! Et pourquoi pas des vacances offertes aux ouvriers ! Enfin, le voilà mort : bon débarras !

— Mademoiselle, il y avait tellement de monde, si vous aviez vu.

— Du monde qui s'y connaît pour construire des barricades et tuer les honnêtes gens. Père m'a raconté la Commune et comment nous avons failli mourir pour avoir eu le tort d'être riches. Sont-ce ces brigands que votre Victor Hugo voulait éduquer ? Peine perdue : le peuple, cette engeance, a besoin de fermeté, pas d'instruction ! C'est père qui le dit et je partage cet avis. Oh, et puis vous me fatiguez avec votre mauvais poète : peignez-moi donc les cheveux ! Ensuite, vous irez chercher ma robe chez Wast : il y avait encore des retouches à faire, et pendant que vous vous amusiez dehors j'ai dû subir un énième essayage. Je me défie de leurs coursiers avec leurs mains sales ; chargez-vous-en, Marylène. Enfin, quand je serai prête et que vous en aurez fini avec vos tâches, prenez votre soirée. Je ne vous veux pas dans mes pattes lorsqu'arriveront mes invités.

— Oh ! Mademoiselle est bien généreuse !

— Je sais, je sais ; ça me perdra.

Après avoir préparé la coiffe de sa maîtresse, Marylène dévala les escaliers pour aller récupérer la robe au magasin du couturier le plus en vue de Paris, Alban Wast. La jeune servante était d'autant plus joyeuse que, pour l'occasion, elle voyagerait dans le coupé de « Mademoiselle ». Elle pourrait regarder défiler les rues et le passage s'ouvrirait pour elle, car tout le monde connaissait les armes de

Sylvanie Langon, inventées de toutes pièces par la vanité paternelle.

Marylène allait monter en voiture quand un jeune homme entré par le portail grand ouvert – un clerc, apprendrait-elle plus tard – la questionna poliment :

— Bonjour, Mademoiselle. Est-ce bien ici que vit une dénommée Marylène Deville ?

— Pas maintenant : ma maîtresse attend sa robe !

Puis elle s'engouffra dans le coupé et fila chez Wast. Pendant ce temps, Étienne Rodolphe, de l'étude Croisset, se faisait annoncer. Un valet ouvrit qui le toisa de haut et, lorsque le visiteur eut décliné son identité et révélé partiellement le but de sa visite, on lui répondit que la demoiselle en question était en course. Rodolphe comprit qu'il venait de la croiser à l'instant. Qu'importait : il reviendrait plus tard. Ce n'était pas tous les jours qu'on annonçait à une jeune femme qu'elle héritait de près de cent millions de francs, quelques immeubles disséminés entre Londres et Paris, ainsi qu'une propriété somptueuse en Angleterre.

Dans le coupé qui galopait imprudemment, Marylène, inconsciente de ce que tramait son destin, admirait, candide, les quartiers chics et les belles toilettes des dames dont elle ne pouvait encore se douter qu'elle les surpasserait toutes en fortune.

En entrant dans la boutique, marchant sur un sol carrelé de motifs floraux, elle découvrit une perspective de colonnades de marbre vert de Maurin, au bout de laquelle il y avait une rotonde surmontée d'un grand dôme peint à la gloire de Vénus. Dessous, un individu empâté parlait avec une voix calme, donnant des directives à son personnel : Alban Wast, couturier préféré des souveraines et grandes dames d'Europe. Une légende racontait que la reine Victoria aurait fait reporter une réception, car sa robe, commandée à Wast, n'arriverait pas à temps : une tempête empêchait le bateau qui devait la transporter de traverser la Manche. Les créations de Wast faisaient ainsi tourner les têtes des femmes puissantes depuis ce jour où, jeune couturier, il avait été remarqué par l'impératrice Eugénie passant par hasard devant sa première boutique, alors située dans le vieux quartier aristocratique du faubourg Saint-Germain. Aujourd'hui, il était installé parmi la bourgeoisie : boulevard Haussmann.

Marylène s'annonça à un commis. Elle se sentait disharmonieuse face à tant de magnificence. Pour ne pas laisser paraître son malaise et avoir l'air gauche, la jeune domestique arrêta son regard sur des petites mains qui s'affairaient autour d'une demoiselle de qualité pour exécuter les dernières retouches à un chef-d'œuvre de tissus artistement froissés, porté avec une grâce inouïe. La jeune femme était accompagnée d'un homme que Marylène fixa avec insistance. Il s'avança soudain :

— Mes excuses, dit-elle, s'inclinant modestement, les joues rouges, je n'aurais pas dû vous dévisager comme ça.

— Je les accepte, vos excuses, puisque je vous imite en ce moment.

— Monsieur ! Que dirait Mademoiselle ?!

— Que son frère a fort bon goût.

— C'est votre…

— Sœur, c'est cela même : Adélie de Breuil. Elle essaie en ce moment la robe qu'elle portera ce soir à la réception d'une petite peste qui n'a pour elle que son physique avantageux : Sylvanie Langon. Mais chut, il ne faut pas le dire, ma sœur l'adore.

— Ah, ça, Monsieur, quant à ne rien dire, vous vous adressez à la mauvaise personne : ma maîtresse n'est pas une « petite peste », elle a du caractère !

— Oh, c'est trop drôle : vous êtes au service de cette a-do-rable Sylvanie ! Eh bien, ça m'apprendra !

— Vous la trouvez adorable maintenant ? Il faudrait savoir, Monsieur… ?

— Aloïs de Breuil.

— Mille excuses ! Je dois aller chercher la robe de Mademoiselle !

— Surtout ne la faites pas attendre, elle pourrait vous mordre ! ricana-t-il.

— Bien le plaisir !

Marylène, confuse, tourna les talons, saisit la toilette de sa maîtresse, protégée par une luxueuse housse, adressa un regard courroucé à Aloïs de Breuil, le célibataire le plus en vue de Paris, et quitta prestement la maison Wast. Arrivée à l'hôtel particulier des Langon, elle monta dans la chambre de Sylvanie, qui trépignait d'impatience :

— Enfin ! Que vous êtes lente, ma pauvre fille ! J'aurais aussi bien fait d'y aller moi-même ! À quoi servez-vous, je me le demande ! Bon, donnez-moi ma robe. Dépêchez-vous !… Oh, et puis cessez de pleurnicher : ça m'irrite les nerfs !

— Mademoiselle est injuste : je l'ai défendue !

— Défendue !? Et contre qui, je vous prie ?

— Un certain Aloïs de Breuil, qui ne vous aime pas beaucoup.

Sylvanie Langon lâcha la housse de sa robe et figea Marylène sur place, empreinte de toute la méchanceté dont elle était capable :

— Expliquez-vous ou je vous jette dehors ! ordonna-t-elle, menaçante.

Marylène, réveillée d'une sorte d'amnésie, sembla découvrir soudain la nature profonde de sa maîtresse. La jeune domestique s'arma de cet orgueil des gens du peuple qui paraissent alors plus dignes dans leurs haillons que les puissants entourés de luxe :

— Ne vous donnez pas cette peine, je vous quitte, Mademoiselle !

— Quand je vous y autoriserai !

— Je m'en passerai bien, de votre autorisation. Monsieur de Breuil avait finalement raison : vous êtes une peste !

— Taisez-vous ! Aloïs n'a pu dire une pareille horreur sur mon compte ! Il est beaucoup trop délicat et…

— Vous l'aimez donc ? Ah, que c'est drôle !

— Petite gamine de rien, mon père vous écrasera quand il apprendra…

— … qu'elle est la jeune personne la plus riche de Paris ? Je doute que votre père s'y risque : ce serait coûteux pour ses affaires.

Un inconnu venait de surprendre la discussion et intervenait en ces termes. C'était Étienne Rodolphe, l'avoué. La situation invraisemblable conférait à la scène une atmosphère de pièce de boulevard. Il faudrait encore attendre pour le dénouement ; il manquait en effet des protagonistes et des événements. Sylvanie, fidèle à sa coutumière arrogance, foudroya le nouveau venu :

— Monsieur, vous violez ma propriété et mon père vous fera jeter en prison pour votre outrecuidance !

— Mademoiselle Langon, vous prêtez beaucoup d'intentions à Monsieur votre père. Attendons qu'il apprenne de cette jeune personne – dont la fortune excède à présent largement la vôtre – vos mauvais traitements, et m'est avis que vous recevrez la correction qui vous a, hélas, toujours fait défaut. Une partie de ses considérables avoirs se trouve précisément à la banque Langon. Plus pour longtemps, je le crains pour vous et le souhaite pour elle.

— Je n'entends rien à vos fabulations. Pour la dernière fois, sortez ou j'appelle ! Quant à vous, ma fille, vous aurez de mes nouvelles !

— Mademoiselle Deville, accompagnez-moi je vous prie à l'étude de mon père. Il paraît, à voir votre mine déconfite, que mes dires vous ont effrayée tandis qu'ils devraient vous faire bondir de joie. Mon cocher nous attend devant le perron.

— … Oui, je vais prendre mes affaires avant.

— C'est ça, allez chercher vos horribles breloques et bon débarras !

— Mademoiselle Langon, au plaisir de ne pas vous revoir, se moqua l'avoué.

— Hors de chez moi !

— Très certainement, Ma-de-moi-selle !

Il sourit généreusement pour appuyer son mépris. Marylène sortit avec sa vieille valise usée, espérant qu'au moins elle aurait de quoi se loger le temps de retrouver une place. La devinant, Rodolphe ne put réprimer un regard attendri. Elle le suivit, chancelante, indifférente au spectacle de la rue qui défilait sous ses yeux perdus dans ses inquiétudes.

L'étude Rodolphe, l'une des plus réputées de Paris, administrait de nombreux gros patrimoines. Pourtant, l'immeuble de la rue Madeleine qui l'abritait, sans être délabré, sentait plutôt la modeste bourgeoisie que l'opulence affichée. Marylène y fut accueillie par le père d'Étienne, un homme grisonnant et bien en chair.

Son bureau constituait un cabinet de curiosités où cohabitaient statuettes de tous âges, tableaux de scènes champêtres, livres et bibelots divers. Sur une grande table massive occupant le centre de la pièce, des dossiers s'enchevêtraient en piles irrégulières. C'eût été toutefois une erreur de croire que le vieux notaire n'y entendait rien dans ce désordre.

À peine Marylène fut-elle assise qu'il exhuma sans hésiter d'une des piles une chemise de marocain rouge écornée.

— Mademoiselle Deville, le nom de Pierre Village vous évoque-t-il quelque chose ? demanda-t-il à Marylène.

— Village ? C'est le nom de jeune fille de ma mère.

— En effet. Pierre était son oncle, votre grand-oncle. Maintenant, vous allez, si vous le voulez bien, écouter la plus extraordinaire histoire qu'il m'a été donné d'entendre. Je vais vous la raconter telle qu'elle m'a été rapportée par Monsieur Village en personne sur son lit de mort. Nous y allons :

Pierre Village s'éprit autrefois d'une femme qui l'aima en retour. Hélas, Émilie mourut à dix-neuf ans. Une mauvaise fièvre l'emporta. Inconsolable, votre grand-oncle décida de quitter sa Normandie natale où tout lui rappelait le cruel souvenir de sa chère disparue.

Il prit la route de l'ouest et s'arrêta à Lorient. Là-bas, séduit par le va-et-vient des navires, sans éducation particulière, mais plein de bonne volonté, Pierre travailla comme manutentionnaire au port. À force d'écouter les récits de voyage des marins qui parcouraient les mers du monde, il voulut lui aussi voir du pays. Sans expérience du large – il n'avait jamais navigué au-delà des bords de Seine ! –, il réussit toutefois à se faire embaucher sur le *Déruchette*, un navire marchand faisant voile vers Providence, en Amérique.

Après un mois passé dans le Nouveau Monde, Pierre renonça à rentrer en France ; fit ses adieux à l'équipage du *Déruchette* et son capitaine, lequel, fort judicieusement, lui avait enseigné des rudiments d'anglais pendant la traversée. Votre parent était jeune et crut avec raison que c'était ici qu'il gagnerait son avenir.

Un soir qu'il errait dans les rues de Providence, la bien nommée, il croisa la route de Terry Wilderness, en fâcheuse posture face à trois gaillards appréciant peu d'avoir été floués au jeu par ce sujet britannique. La guerre d'Indépendance était encore fraîche dans la mémoire collective des autochtones !

N'écoutant que son courage, Pierre lui prêta main-forte et leur amitié fut ainsi scellée. Ensemble, ils parcoururent le pays d'est en ouest, le génie des cartes de Terry leur assurant le gîte et le couvert. Pendant leur périple, Terry apprit à Pierre tout ce qu'il fallait savoir sur le jeu, et ce dernier en vint à fort bien se défendre en la matière.

Ils s'établirent à San Francisco, un village de pêcheurs, au bord de l'océan Pacifique. Nous étions en 1848 et un événement allait transformer cette petite bourgade en une ville prospère : la découverte d'une pépite d'or par un certain John Sutter. Aussitôt, la nouvelle se répandit au-delà des frontières. Des milliers d'aventuriers, avec femmes et enfants, se précipitèrent à San Francisco, attirés par ce métal qui, de tout temps, a fait tourner la tête des hommes.

Terry et votre grand-oncle, peu soucieux de fouiller la boue parmi les chercheurs d'or, eurent une idée de génie : ils ouvrirent une maison de jeu qui ne désemplit pas. Galvanisés par le succès, et à mesure qu'ils s'enrichirent, ils en firent construire d'autres, ainsi que des hôtels et des restaurants pour accueillir ce flux massif de population.

Plus tard, on découvrit dans les montagnes proches de San Francisco des gisements d'argent. Banquiers et commerçants se substituèrent alors aux aventuriers. La ville prit une allure beaucoup plus respectable. Terry et Pierre s'adaptèrent à cette nouvelle clientèle, tout en faisant eux-mêmes l'acquisition de terrains argentifères.

En 1861, la Californie se rallia aux États du Sud dans le conflit qui les opposait au Nord. La Guerre civile américaine devait durer quatre ans. Pierre ne se mêla jamais de politique, contrairement à Terry, prenant fait et cause pour le Sud en s'engageant dans ses rangs. Il périt en 1863 au cours d'une bataille en Pennsylvanie dont j'ai oublié le nom, veuillez m'en excuser.

Désormais seul et immensément riche – Terry, sans famille, ayant désigné votre grand-oncle son unique héritier –, Pierre vendit ses différentes affaires et voyagea de par le monde.

En 1871, il s'établit en Angleterre où il acheta le domaine de *Greenray*, dans le Devon. Il y mena une vie paisible jusqu'à sa mort, survenue l'année dernière.

Après cinq bons mois de recherches, nous avons enfin retrouvé sa seule parente et héritière : vous. Ainsi qu'il est stipulé dans son testament, toute sa fortune doit revenir à quelqu'un de son sang ou, à défaut, des organismes de bienfaisance.

Mademoiselle Deville, vous êtes orpheline, votre frère est mort : vous voilà riche de cent millions de francs, d'immeubles de rapport, plus le domaine de *Greenray* et ses sept métairies.

Marylène écarquilla ses yeux innocents, demanda poliment un verre d'eau et le but d'une traite.

— Bon, ce n'est pas le tout d'être riche. Je veux être payée pour ma peine et m'en vais réclamer mes gages à cette petite peste de Sylvanie Langon !

— Qui, à la mort de ses parents, ne pourra compter que sur une moindre fortune de vingt-cinq millions, si je puis m'exprimer ainsi.

— À ce qu'il paraît, j'ai de l'argent chez son père. Eh, bien il faut le retirer !

— Je vais prendre les dispositions qui s'imposent, Mademoiselle.

— Oh, et puis appelez-moi Marylène. J'ai assez entendu de « Mademoiselle » pour le reste de ma vie !

Tous les trois éclatèrent d'un rire spontané.

Une heure plus tard, Marylène se faisait annoncer à l'hôtel Langon. Sylvanie, qui n'avait pas décoléré et ne soupçonnait rien, l'injuria tant et si bien que son père, alerté par ses cris, surgit. Après s'être fait expliquer la cause, il défendit sa fille et jeta sans ménagement Marylène à la porte, en larmes, lui promettant : « de sacrées lettres de recommandation ! »

Le soir, insidieusement répandue dans le Tout-Paris par Étienne Rodolphe, l'histoire de Marylène et son humiliation étaient sur toutes les lèvres, au grand dam de la fille et du père Langon. Ce dernier devina qu'il perdrait l'énorme portefeuille déposé à sa banque quelques années auparavant par le notaire de Pierre Village.

Les jours suivants, d'autres clients importants retireraient le leur, suivant une réaction en chaîne habituelle dans l'univers craintif de la finance. Auguste Langon verrait ainsi sa fortune divisée de moitié, pas assez toutefois pour l'appauvrir et apprendre l'humilité à sa fille.

Ce conte de fées impromptu sonna le signal de la curée. Chacun se fit un devoir d'aller à la réception de Sylvanie, moquant bruyamment « Mademoiselle » Langon sans se cacher d'elle. Passé deux heures, le temps de satisfaire leur vengeance légitime, les invités abandonnèrent un à un l'hôtesse à sa honte. La vaniteuse petite fille riche devint, plusieurs semaines durant, la risée de Paris. Aloïs de Breuil céda cependant aux lois de son milieu et l'épousa finalement quelque temps plus tard. Tout rentra donc dans l'ordre des choses. Sylvanie lui donna, entre autres, une fille au moins aussi « délicieuse » que sa mère !

Vers la fin du mois de juin, Étienne accompagna Marylène en Angleterre pour visiter le domaine de *Greenray*. Il y régnait une telle atmosphère de paix qu'elle choisit de s'y installer définitivement. Elle se maria et éleva ses deux enfants, laissant à son mari le soin de s'occuper de sa fortune. Étienne s'y entendait fort bien dans cette matière !

Marylène et son mari connurent une vie pleine de félicité jusqu'à l'année 1915, avec la disparition de leur fils Bastien au cours d'une offensive en Champagne, sous le drapeau français. Ses parents ne purent jamais récupérer sa dépouille pour lui donner une sépulture convenable.

En 1927, parvenu au bout de son voyage terrestre, Étienne abandonna à son tour Marylène au monde des vivants. Elle s'installa à Paris, chez sa fille Déa, conjurant la perte de ses deux hommes en s'occupant de ses petits-enfants.

Un matin, elle demanda à sa fille de l'accompagner au Panthéon. Dans le caveau XXIV, elle caressa d'un geste tremblant le cercueil d'un « vieil ami » dont elle avait lu à peu près toute l'œuvre. « Moi aussi, je suis une Cosette ! », sourit-elle. Marylène Rodolphe, née Deville, mourut le 24 mai 1939.

À *Greenray*, sur une simple dalle de granit entourée de

verdure, sont inscrits les noms d'Étienne, Marylène et Bastien Rodolphe, accompagnés de ces quelques vers du poète :

> *« Aimez-vous ! C'est le mois où les fraises sont mûres.*
> *L'ange du soir rêveur, qui flotte dans les vents,*
> *Mêle, en les emportant sur ses ailes obscures,*
> *Les prières des morts aux baisers des vivants. »*[26]

---

[26] Victor Hugo, « Crépuscule », in *Les Contemplations*. (N.D.A.)

Au frère Martin, de l'abbaye Saint-Adegrin-sur-Loire
Le 25 juillet 1957

Mon bien cher frère,

Sacha Guitry est mort, je viens de le lire. C'était un raconteur exquis comme nous en avons si peu, désormais que seul l'instant présent compte dans ces sociétés qui ne tiennent pas en place et s'accommodent de l'ignorance du passé.

Pour moi, j'en ai fini avec le XIXe siècle. Notre époque entre en scène.

Je suis le 28 juin 1914, jour fatal où Gavrilo Princip décida inconsidérément d'assassiner François-Ferdinand à Sarajevo, embrasant la vieille Europe quelques semaines plus tard, le monde ensuite.

La Première Guerre mondiale a enfanté une ère nouvelle et monstrueuse, dans laquelle je ne crois plus avoir ma place.

Donnez-moi de vos nouvelles, je suis bien seul et j'ai été long sans écrire.

Amitiés sincères,

Hippolithe Lepeintre

Chapitre 13 – Une journée[27]

Dans un jardin ordonné, interdit à la plus imperceptible fantaisie, il pleuvait. Valentine Renaud lisait sous la véranda, assise bien droite sur une chaise inconfortable, les cheveux sévèrement attachés. Parfois, elle s'interrompait pour écouter le bruit monotone des domestiques s'affairant pour le déjeuner qui débuterait au retour de son père de la manufacture. La voix de sa mère régnait, autoritaire et monocorde. Elle donnait ses ordres à la cuisine. Valentine reprenait sa lecture, constatant que tout était comme cela devait toujours être à la même heure, le dimanche excepté.

Il importe peu de savoir ce que lisait la jeune fille la plus convoitée de la région depuis qu'elle avait fait une apparition fugitive, et remarquée, au bal du préfet. Valentine lisait par habitude, comme elle cousait : sans goût ni déplaisir. À dix-huit ans, elle était déjà empreinte d'une résignation de vieille femme et n'entendait savoir que le nécessaire pour tenir une maison, semblable à sa mère et sa grand-mère avant elle.

---

[27] Lepeintre aurait-il voulu ici exaucer le vœu pieux de Flaubert : écrire « un livre qui n'aurait presque pas de sujet ou du moins où le sujet serait presque invisible, si cela se peut » ? (Gustave Flaubert, lettre à Louise Colet, le 16 janvier 1852) (N.D.A.)

Elle allait deux fois l'an voir la mer, visitait quelquefois sa grand-tante à Tours. C'étaient là tous ses voyages. Paris était pour elle aussi loin que Buenos Aires lorsque, parfois, elle feuilletait sans conviction un catalogue de mode de la capitale où s'étalaient, entre autres, les créations de la maison de couture Wast, à présent dirigée par Aristide, le fils du fondateur, ce dernier mort quelques années auparavant dans un attentat anarchiste.

Mademoiselle Renaud s'ennuyait le plus clair du temps et cela lui allait : « Les désordres de l'esprit sont un mal dont il faut se défier pour mener une vie saine », se souvenait-elle avoir lu dans son manuel de morale. Au moins, ne souffrait-elle pas de ce côté-là. Que faire de toute façon à cet âge et cette époque dans une ville si austère que Lamorne-sur-Sarthe, sinon rien ?

Valentine était née en 1896, un soir d'automne, dans la chambre où avait vu le jour sa mère et avant elle, son grand-père maternel. Sans jouir de capacités exceptionnelles, elle avait été une élève douée, instruite au mieux de sa condition par les ursulines de Sainte-Marie-Madeleine qui la destinaient à remplir les fonctions d'épouse bourgeoise mariée à un notable de province.

Jamais elle ne s'était insurgée contre son éducation, soumise à la fatalité de son milieu. Tandis que les filles du pensionnat se pâmaient en lisant des romans d'amour licencieux introduits clandestinement, Valentine ne déviait pas d'un pouce de la voie rectiligne tracée pour elle.

Fille unique d'un couple qui n'avait pu avoir d'autre enfant, elle attendait sans crainte ni excitation l'époux qu'on lui désignerait, et qui reprendrait la manufacture quand il serait temps pour Monsieur Renaud de passer la main. Croyante parce qu'il fallait croire, sans s'interroger sur l'existence de Dieu, Valentine avait admis dès l'enfance que la vie constituait une charge divine, qu'il fallait s'en acquitter sans enthousiasme ni ressentiment.

Renaud, un homme puissamment charpenté et de haute stature, entra soudain dans la salle à manger ; la fille et la mère se tenaient droites pour l'accueillir, attendant qu'il se fût dévêtu et assis à table pour l'imiter. Sans se soucier de ce que les deux femmes auraient pu avoir à dire, il raconta sa matinée, émaillée d'anecdotes insipides qui alimentèrent le repas. Il rapporta enfin un événement survenu la veille et lu dans le journal, dont Valentine négligea en silence la possible importance. C'était bien éloigné d'elle, que cet archiduc héritier du trône d'Autriche assassiné dans une ville qu'elle aurait été bien en peine de situer sur une carte : Sarajevo.

Une fois le repas terminé, le père s'enferma dans le fumoir pour y consommer un cigare agrémenté d'un cognac, sa distraction préférée avec la chasse. Pendant ce temps, Valentine et sa mère brodèrent sur leurs métiers respectifs. La production résultant de cette activité allait ensuite à la paroisse pour alimenter des ventes de bienfaisance.

Le soir, à neuf heures précises, Valentine se coucha et s'endormit d'un sommeil sans rêves.

Invariablement, se poursuivraient ainsi ses journées, avec plus tard son mari et ses enfants pour remplacer ses parents. Ce soir, constatant la vacuité d'alimenter une pareille vie, le cœur de Valentine cessa de battre. La femme de chambre la découvrit morte à l'aube. Un livre reposait sur sa commode : *De la juste conversation avec son époux*, par Théodelinde Lantivie.

Chapitre 14 – Seine en hiver

C'était un matin de décembre. Il régnait un froid hivernal. Les rives du fleuve, figées par le gel, s'enfumaient de brume jusqu'à la cime des arbres.

L'altière Anne-Lise de Bellerive posait un regard triste sur sa demeure en ruine. Elle et son père occupaient un corps de logis réaménagé à moindres frais et plus facile à entretenir que le bâtiment principal du domaine, autrefois un magnifique spécimen de l'architecture classique française.

Contrairement aux lords anglais, la plupart des grandes familles de France – celle d'Anne-Lise remontait aux croisades – n'avaient pas su s'adapter à la révolution industrielle. Les Bellerive, dépassés par l'économie de marché grandissante, perdirent peu à peu leurs terres et propriétés pour ne plus avoir que de quoi vivre chichement. À l'image de leur déchéance, le domaine du Val d'Harmonie s'effritait inexorablement, faute de moyens pour en ressusciter la grâce.

Anne-Lise avait un frère qui combattait en ce moment quelque part dans les Ardennes, où la vie était sans doute encore plus rude que sur les bords de Seine, particulièrement dans une casemate sans confort. Jeune officier d'infanterie, il avait été parmi les premiers à répondre à l'ordre de mobilisation, avec la certitude qu'il boirait moins d'un mois plus tard le thé dans le service du Kaiser à Berlin.

Nous étions à la fin de l'année 1915 et Cyprien de Bellerive se battait toujours sur le front. Blessé lors d'une offensive contre l'ennemi, il avait été immobilisé quelques semaines, en octobre de la même année, dans un hôpital de campagne où son père et sa sœur lui avaient maintes fois rendu visite, dans l'espoir qu'il accepterait de passer le temps de sa convalescence chez eux.

Mais, observant en cela l'antique devise familiale des Bellerive : « *Ab origene fidelis* » – Fidèle à ses origines –, il avait refusé la permission qu'on lui octroyait et avait rejoint ses hommes dès qu'il l'avait pu. Il était à présent capitaine.

Anne-Lise aimait ses bords de Seine. Elle y peignait ses aquarelles, laissant s'exprimer librement sa mélancolie, et formait ses espoirs pour l'avenir. Le Val d'Harmonie surplombait la falaise au-dessus du fleuve. C'est par un escalier en pente qu'Anne-Lise descendait au rivage.

Avant la guerre, son père avait vendu quelques-unes de ses dernières terres pour s'offrir le seul luxe de sa vie, une automobile ; plus précisément une traction avant *Grégoire*. Aussi, ses enfants et lui prenaient souvent la route ensemble. Du Val d'Harmonie, ils poussaient jusqu'aux Andelys et pique-niquaient au pied de la forteresse. Deux fois l'an, à Noël et l'été, le comte de Bellerive emmenait sa fille et son fils chez sa sœur à Étretat. Tels étaient les voyages qu'avait accomplis la jeune femme, déjà âgée de vingt ans et d'une beauté telle que son célibat rendait les gens incrédules. De mauvaises langues arguaient qu'elle n'appréciait pas la compagnie des hommes. Ce qui était certain, c'était que le capitaine Cyprien de Bellerive voyait à cette heure plus de pays que sa cadette, voyageant au gré des déplacements du front.

Emmitouflée, Anne-Lise marchait d'un pas irrégulier sur une terre devenue dure comme de la pierre. Elle en était là de ses pensées quand elle aperçut un garçon à la mèche rebelle, bien mis de sa personne, les traits du visage marqués malgré sa jeunesse ; il tenait un carnet et un crayon à mine de plomb dans l'autre main. Debout, il regardait le paysage puis se penchait sur son carnet pour y faire des phrases.

La réaction instinctive d'Anne-Lise fut conforme à l'époque : que faisait un jeune homme de son âge, en pleine forme, loin des combats ? Suspicieuse, la noble fille se dressa de toute la hauteur de sa race. Quand il eut fini d'écrire, l'inconnu aperçut Anne-Lise et lui adressa un sourire franc, sans sous-entendu déplacé :

— Quelle belle mort que l'hiver ! soupira-t-il en contemplant le fleuve.

Anne-Lise répondit aigrement :

— Elle est sans doute plus belle ici qu'à la guerre ! À ce qu'il paraît, vous n'en savez rien puisque je vous trouve là à griffonner de profondes pensées au lieu de combattre !

— Mademoiselle, vous avez entièrement raison : je préfère de loin les rives de la Seine au flot des soldats s'entre-tuant sans savoir pourquoi.

— Mon frère écrit très bien lui aussi, vous savez ? Et pourtant, il se bat !

— Quel dommage alors. Un poète se meurt chaque heure là-bas.

Il tendit son crayon en direction du nord-est.

— Connaissez-vous Charles Péguy, Mademoiselle ?

— Non. Quel est-il ?

— « Quel était-il ? » serait plus approprié. Un grand prosateur doublé d'un poète remarquable. Le voilà mort à présent, ce lieutenant que tout destinait à autre chose que recevoir une balle de l'ennemi et succomber.

— Il a accompli un devoir sacré. Cela ne vous émeut sans doute pas !

— Permettez que je rectifie : plus… depuis que j'ai enterré mes deux frères, Mademoiselle.

— Alors vous êtes doublement lâche : envers la Nation et envers la mémoire de vos frères !

— … Bonne journée, Mademoiselle. Restons-en là de cette pénible discussion.

L'homme quitta les berges aussi sec et rejoignit la route. Quelques instants plus tard, il avait disparu. Anne-Lise, rouge de colère, poursuivit sa balade en détestant doublement ce « jeune lâche » : pour son manque de patriotisme et son charme ! Pendant que glissait une péniche, elle exécuta au pastel un portrait rageur de l'inconnu qu'elle déchira ensuite, les mains tachées de couleurs. Épuisée par ses émotions contradictoires, elle remonta au Val d'Harmonie pour s'enfermer dans sa chambre.

Le soir venu, la veste de chasse de son père par-dessus sa chemise de nuit et chaussée de simples pantoufles, la jeune femme s'adonna à son plaisir favori : pénétrer dans le château abandonné. Il y régnait un dénuement accompagné d'une odeur prégnante d'humidité et de poussière. La nuit, cependant, avec seulement une lampe à pétrole pour s'éclairer, tout y semblait plus beau que le jour : les murs écaillés, les poutres vermoulues, le parquet aux lattes brisées, rien de cela n'apparaissait plus aux yeux imaginatifs d'Anne-Lise.

Elle se prit à croire que bientôt entreraient les dames de la noblesse, Madame de La Rochefoucauld en tête, qui avait son château dans les environs, à La Roche-Guyon ; peut-être accompagnée de son tendre ami américain, un certain William Short. Un bal enchanterait la fière demeure des Bellerive et l'on danserait, jouerait, rirait…

— Moi aussi je les vois, Mademoiselle, les belles robes de ces dames.

Ces mots prononcés doucement firent hurler de peur Anne-Lise.

Par chance, la dépendance qu'elle et son père habitaient se trouvait trop loin pour qu'on l'entendît et qu'un drame inutile se produisît. Le comte de Bellerive ne dormait presque plus depuis que son aîné combattait sur le front. Par ailleurs, il avait toujours un fusil chargé à portée de main dans sa chambre. Reprenant ses esprits, Anne-Lise approcha sa lampe de l'inconnu : c'était le jeune homme du matin. Elle se composa une attitude sévère et l'interpella :

— En plus de déserter, vous violez la propriété d'autrui ! Décidément, Monsieur, vous avez toutes les qualités d'un malhonnête !

— Je vous en prie, Mademoiselle, je suis fatigué : ne

me blâmez pas. Je voudrais tant vous raconter mon histoire pour vous dissuader de mal me juger.

— Une histoire que vous aurez pris soin d'inventer ou la vraie, avec toutes ses hontes ?

— L'authentique histoire de Félicien Victoire, soldat. Ne me raillez pas, c'est mon vrai nom. Je suis né le 11 juillet 1892, d'un père breton et d'une mère normande. Je n'ai vécu ni en Bretagne, ni en Normandie, mais à Paris, dans une famille aimante et relativement aisée. Comme j'aimais lire, je suis devenu professeur de français. À peine quelques années d'enseignement passées, la guerre était déclarée et je servais sous les drapeaux comme nombre de mes camarades, à présent défunts. Au début, je ne me rendais pas bien compte de ce que c'était que la guerre : elle avait tellement été vantée par nos anciens, nos professeurs et même nos écrivains que je me disais qu'après tout ce devait être exaltant. Dès le premier combat, je découvrais que la guerre défiait les lois humaines. Elle se nourrissait de la mort avec une avidité d'ogre. Le pire était qu'à force elle m'insensibilisait à la souffrance, à commencer par la mienne propre. J'appris ainsi les décès de mes frères et n'eus pas même une larme. Je ne parlais plus, n'écrivais plus aux miens, ne réfléchissant qu'à trois choses : survivre, manger et me tenir propre. Pour le reste, je vivais seul. Un soir, un officier, qui avait combattu à mes côtés, s'approcha. Je ne sais ce qui me motiva à lui répondre, tandis que je refusais de me mêler aux autres soldats. Nous parlâmes beaucoup. Puis il fallut retourner au combat. Parmi les explosions, les tirs et les cris, je le perdis pour le retrouver alors que nous rejoignions l'arrière. Il était gravement blessé, sans espoir d'en réchapper cette fois : il avait été blessé une première fois et s'était rétabli... pour quel résultat ! À sa demande, je restai près de lui, notant scrupuleusement ce qu'il désirait que je transmette à sa famille. Quand il mourut dans mes bras, je me jurai que je n'y retournerais pas. Discrètement, j'intervertis ma plaque avec celle d'un mort défiguré et méconnaissable, qui reposait avec ses camarades d'infortune dans une grange mal surveillée... un certain Bastien Rodolphe. Mes parents ont donc enterré une dépouille qu'ils croyaient être la mienne, quand d'autres attendent des nouvelles de leur fils qui ne leur reviendra jamais. Je trouvai des vêtements civils, volai de l'argent et m'enfuis, avec l'intention de quitter l'Europe. Seule ma promesse faite à ce pauvre officier retardait mon projet. Mademoiselle de Bellerive, je ne veux pas réveiller votre père, dont j'ai pu constater, en l'observant en secret, l'extrême fatigue. Cyprien est mort il y a deux jours et j'ai constaté que vous n'en saviez encore rien lorsque je vous ai parlé ce matin. Mais je ne savais comment vous faire ces cruelles confidences. Aussi, je vous remets ce pendentif qui a appartenu à votre défunte mère et ce cahier qui contient les dernières pensées de votre frère : elles sont presque toutes pour vous.

Anne-Lise s'effondra. Félicien lui tint la main, puis la serra contre lui, longtemps.

Le comte de Bellerive mourut l'année suivante, pendant que prenait fin la bataille de Verdun. Un accident : il aurait glissé de la falaise. Anne-Lise rejoignit sa tante, épousa en 1919 un officier américain soigné dans un hôpital de campagne où elle s'était engagée en qualité d'infirmière. Elle le suivit à Philadelphie et ils vécurent au bord du fleuve Delaware. Il lui fit trois beaux enfants et, issu d'une riche famille d'industriels, offrit à son épouse la restauration complète du domaine du Val d'Harmonie où, une fois veuve, elle acheva une existence heureuse, malgré les drames passés.

Un jour qu'elle était déjà bien vieille, Anne-Lise reconnut dans une revue d'histoire le portrait de Félicien Victoire. Dessous il était écrit ceci : « Félicien Victoire, chef du groupe de résistance *Anne-Lise*, fusillé par l'Occupant le 21 décembre 1943 à Morville-sur-Auge. » Anne-Lise n'avait jamais revu Félicien, malgré de nombreuses et infructueuses recherches. S'il ne s'était pas enfui cette nuit-là en entendant venir son père, elle l'aurait épousé. Elle ne cessa jamais, en secret, de l'aimer ; lui non plus, à ce qu'elle put constater… trop tard[28].

---

[28] Une note de l'auteur indiquait ceci : « In Max Melville, *Mon ami Félicien*, manuscrit non publié, quel dommage ! »
Phrase oh combien sibylline ! Un Maxime Melville a bien existé et intégré la Résistance. Ses descendants n'ont pas souhaité m'en dire plus à propos du manuscrit cité par Lepeintre. (N.D.A.)

Chapitre 15 – La caricature

La paix séparée signée avec la Russie révolutionnaire, le front de l'Est quittait la guerre. L'Allemagne rapatriait à présent ses divisions sur celui de l'Ouest. Plus que jamais, le général Ludendorff et le maréchal Hindenburg – héros national dont l'effigie trônait dans tous les foyers allemands jusque sur les objets les plus insolites – croyaient en la victoire. Il fallait maintenir le patriotisme à son apogée, galvaniser l'arrière comme le front. La presse et les autorités allemandes s'y attelaient avec toute leur force de conviction. C'était l'heure de la grande bataille de France.

Bastien Lafricasse était un soldat obéissant. Il avait fait la Marne, Verdun, l'Aisne, été blessé à l'épaule gauche par un éclat d'obus et envoyé en convalescence quelques mois à l'arrière. Rétabli, il était retourné au combat en mars 1918.

Personne n'entendait jamais Lafricasse se plaindre : il supportait son sort avec courage, soutenant ses camarades du mieux qu'il pouvait. Et, comme il passait entre les balles mieux que l'air entre les gouttes de pluie, la troupe racontait que Dieu ne le destinait pas à mourir au front.

Ce matin, à l'arrière, Lafricasse gravait sur une douille d'obus de 75 une scène champêtre : deux amoureux s'enlaçant sous un arbre, entourés d'un chien et de quelques moutons. Le bruit de la pointe de clou grinçant sur le cuivre était certes insupportable, mais il n'empêchait pas un groupe de poilus de l'entourer, admirant l'œuvre en cours, parenthèse bucolique dans leur quotidienne horreur.

Fils de fermiers, Bastien Lafricasse n'avait pas étudié, savait cependant dessiner comme nul autre, et ce, sur n'importe quel support. Il œuvrait avec une minutie d'orfèvre. Ses camarades d'infortune lui demandaient souvent de « gribouiller » pour eux, la plupart du temps de belles femmes peu vêtues… Il fallait bien exulter. Comme il n'y avait que du malheur autour de lui, il dessinait souvent du bonheur pour « tenir le coup ».

Il avait trop vu de malheurs ces dernières années, à commencer par ceux, encore frais, du Chemin des Dames où les Allemands avaient refoulé l'armée française de quinze kilomètres, se rapprochant dangereusement de Paris et semant le trouble depuis l'état-major jusqu'au plus haut niveau de l'État. Clemenceau fulminait : certains lui proposaient une paix blanche, sans vainqueurs. « Jamais de la vie ! » rugissait le Tigre. La Nation n'avait pas enduré ces souffrances pour se faire voler sa victoire ! Elle vaincrait ! À cette heure, rien n'était moins sûr.

Dans une étable, Lafricasse, ayant terminé sa gravure, causait avec un gars de chez lui, du côté de Cancale : Lavarissole, que certains avaient baptisé « Les boutons », rapport à son nom qui sonnait comme « varicelle », et parce qu'il était trop généreux pour qu'on l'appelle « l'avarice ». Tout en parlant, Lafricasse montra à son interlocuteur un portrait peu avantageux de leur commandant, un va-t-en-guerre sorti des grandes écoles et qui voulait se couvrir de gloire. « T'y vas fort ! », lui dit son camarade en voyant le résultat, et après avoir bien ri. « Pas plus fort que lui avec nous ! » répondit du tac au tac Lafricasse. Il avait raison :

Sans aucune pitié pour ses hommes, il venait de faire fusiller la veille un « déserteur » ; en fait un pauvre type qui, rendu fou par le bruit de l'artillerie ennemie, était allé se réfugier derrière les lignes en hurlant. Quand on l'avait conduit, à la suite d'un jugement expéditif, devant le peloton d'exécution, il tremblait comme un épileptique, le cerveau grillé. Il ne s'était rendu compte de rien.

Le commandant Chamalliard était « le pire salaud » qu'il avait rencontré, disait Lafricasse. Dans sa bouche, ça avait du sens parce qu'on ne l'entendait jamais dire du mal de qui que ce soit. Chamalliard était le fils d'un industriel et d'une aristocrate. Le mélange n'avait pas bien pris ! se moquaient les soldats. Mais il était aussi le filleul d'une femme très puissante sur la place de Paris et elle l'adorait !

Les hommes avalaient leur tambouille quand leur commandant entra dans la cour de la ferme en criant :

— Demain, Monsieur le président du Conseil, Georges Clemenceau, nous fera l'honneur de sa présence. Les uniformes devront être impeccables ! La même chose pour le campement ! Tout manquement sera sévèrement réprimé !

Cela signifiait qu'avant l'aube le clairon retentirait et qu'il faudrait avoir l'air propre et faire bonne figure malgré l'épuisement, tout ça pour voir parader Chamalliard devant le Tigre !

Et quand il causait de réprimandes, il s'y entendait, le gaillard ! Une fois, il avait envoyé un type désarmé pendant plusieurs heures dans le no man's land pour une raison obscure. En face, ils avaient vite compris qu'il s'agissait d'une punition et ne l'avaient pas canardé. Malheureusement, le mal était fait : le pauvre type s'était tiré une balle dans la tête le soir venu.

Lafricasse, pour revenir à lui, n'en menait pas large le lendemain. Il était aux arrêts pour « insubordination et manquement à l'autorité ». La caricature avait été découverte par Chamalliard pendant le rangement du camp. Ladite caricature le représentait nu comme un ver, le visage diaboliquement hideux, pissant sur des cadavres de poilus en chantant la Marseillaise.

Clemenceau arriva à neuf heures du matin. Tous étaient prêts à l'accueillir depuis deux heures. Le vieux briscard grimaça en découvrant l'ordre trompeur qui régnait. Il savait à quoi s'en tenir. Il serra des mains et demanda à parler seul aux soldats, ce qui agaça Chamalliard, qui dut pourtant s'exécuter et laisser le président du Conseil avec « la viande », sobriquet de sa façon pour désigner la troupe.

Les gars étaient drôlement impressionnés par le personnage. Pourtant, il était habillé aussi simplement qu'eux dans le civil, ne faisait pas de manières et les saluait avec une bienveillance paternelle. De loin, Chamalliard les surveillait. À tel point que Clemenceau s'impatienta :

— Dites donc, si vous n'étiez pas des hommes, je jurerais que votre commandant est un chien de berger et vous, ses moutons ! Comme il vous garde, mes braves !

— Un chien de berger, sauf votre respect, Monsieur, ça surveille les bêtes pour leur éviter le danger. Je suis de Gap, je m'y connais. Chamalliard… euh, pardon ! Le commandant Chamalliard n'est pas de cette espèce : c'est un loup !

— Tais-toi donc, La girolle, tu vas tous nous faire fusiller !

— Comment ça, comment ça ? interrogea avec persistance Clemenceau. Vous m'intéressez, Messieurs. Et vous, il faudra me raconter pourquoi on vous appelle comme ça, dit-il d'un faux air sévère.

— Oh ça, M'sieur l'Président, c'est simple : les champignons, c'est mon rayon !

Clemenceau rit, et les hommes, mis en confiance par l'allure bonhomme de leur prestigieux interlocuteur, s'épanchèrent. Ils racontèrent tout par le menu, jusqu'à l'affaire Lafricasse. N'y tenant plus, Chamalliard s'avança. Si Clemenceau avait encore des doutes sur la véracité des affirmations de la troupe, son opinion fut faite quand, à son approche, les soldats baissèrent instinctivement la tête. D'un coup d'œil, le Tigre lut de la peur dans les regards : celle, non pas de mourir, mais de souffrir une injustice.

Il l'entreprit en ces termes :

— Commandant Chamalliard, vous avez, paraît-il, un talentueux caricaturiste. Je veux le voir.

— C'est une forte tête, Monsieur le Président : il est

aux arrêts, répondit l'intéressé en promettant du regard d'impitoyables sanctions à la troupe pour avoir trop parlé.

— Qu'a-t-il donc fait ? questionna sournoisement Clemenceau.

— Il m'a odieusement outragé en me portraiturant de la pire façon, Monsieur.

— On survit très bien aux caricatures, mon brave. Tenez, moi qui vous parle, j'en ai inspiré tant que les murs du Louvre ne pourraient les contenir toutes ! Apportez-moi donc l'œuvre incriminée en même temps que son auteur.

— Mais, Monsieur le Président…

— Comme vous dites ! Et en qualité de président du Conseil, nommé par le président de la République, j'entends qu'on ne discute pas mes requêtes ! Allons !

Chamalliard s'exécuta de mauvaise grâce, partit chercher Lafricasse, exhuma la caricature de ses quartiers et les présenta à Clemenceau. Le pauvre bougre, éberlué, salua maladroitement. Le Tigre l'interrogea en présence du commandant et sut en quelques minutes à peu près tout ce qu'il y avait à savoir sur cet homme simple, vaillant et non moins talentueux. Il ordonna sa libération « séance tenante ».

— Soldat Lafricasse, vous avez un sacré coup de crayon ! Si la mort continue de vous éviter, je vous promets un avenir de dessinateur dans la presse : j'y ai mes entrées ! À présent, j'ai affaire avec votre commandant, veuillez nous excuser, Messieurs, et courage : la victoire approche !

Lafricasse et les autres saluèrent avec entrain. Une fois

seul avec Chamalliard, Clemenceau le transperça du regard.

— Un officier supérieur doit exercer son autorité sur la troupe – sévèrement parfois, je l'admets –, pas sa tyrannie. Commandant Chamalliard, ma visite dans ce cantonnement n'est pas un choix fait au hasard. Un de mes proches collaborateurs, le député Félicien Lemerle, a fait remonter jusqu'à moi des plaintes de soldats pour mauvais traitements…

— Monsieur, c'est de la calomnie et…

— Et vous allez vous taire, Chamalliard ! J'ai une pile de lettres à charge contre vous ! Nous sommes en guerre contre l'Allemagne ! Votre énergie devrait être tout entière dirigée vers l'ennemi de la Nation, pas contre vos hommes !

— Ces hommes sont indisciplinés ; si nous ne les matons pas, ils nous feront perdre la guerre.

— Certains de ces hommes ont été décorés pour acte de bravoure. Ce Lafricasse, en plus d'être un fier dessinateur, a plus de courage que vous n'en aurez jamais ! Quant au « déserteur » que vous avez fait fusiller, une enquête sera diligentée, vous pouvez y compter ! Cette fois-ci, votre riche marraine, Sylvanie de Breuil, ne vous absoudra pas de vos crimes, si crimes il y a. En attendant, je vais demander à vos supérieurs de vous assigner une nouvelle affectation. Que je n'entende plus parler de vous ou la prochaine fois, ce sera le peloton !

— Mais, Monsieur le Président !

— J'ai dit !

Le vieux « Père la Victoire », grommelant dans sa

moustache blanche, s'en alla rejoindre les poilus pour casser la croûte. Il retourna ensuite à ses joutes politiques qui lui semblaient une perte de temps pendant que durait la guerre.

Lafricasse survécut. Clemenceau, qui avait fait circuler la caricature dans quelques rédactions acquises à sa cause, lui obtint un poste de dessinateur de presse qu'il occupa toute sa vie.

Chamalliard vécut jusqu'à ce jour de juin 1945, où il fut – enfin ! – fusillé pour son active collaboration avec l'Occupant[29].

---

[29] À la mémoire de mon père, Édouard Lepeintre, qui m'a rapporté cette histoire telle qu'il s'en souvenait.

Au frère Martin, de l'abbaye Saint-Adegrin-sur-Loire
Le 21 décembre 1958

Frère bienveillant,

Soyez loué d'avoir eu la bonté de me visiter ces quelques jours.

Je ne me comprends plus. L'abattement atteint ma volonté de vivre. Je ne suis pourtant pas vieux de corps et d'une santé convenable.

Heureusement, les tranquillisants que me prescrit le docteur Fruche me font beaucoup de bien.

Le fils de ma marraine défunte m'a invité à passer du temps chez lui et sa femme. Il habite la maison de sa mère, celle que j'ai occupée quelques mois en 1940 : je m'y sentirai en sécurité, le temps que mes monstres intérieurs soient étouffés.

Tout de même, j'ai presque achevé le chapitre 1914-1918. Mon œuvre, si c'en est une, me laissera enfin en paix. Je me reposerai définitivement.

Amitiés sincères,

Hippolithe Lepeintre

Chapitre 16 – La fleur au pinceau

La première mention du village de Verny date du XIIIᵉ siècle. Sa situation, stratégiquement inintéressante, lui permit de conserver longtemps sa tranquillité, évitant les écueils violents de l'Histoire et du progrès – n'offrant aucune ressource industriellement exploitable. Il fallut attendre la Seconde Guerre mondiale pour que Verny soit détruit de moitié.

Au début du siècle, il y avait à Verny un homme comme l'humanité en compte bien peu : Vincent Natelle, fils d'immigrés italiens qui avaient francisé leur patronyme d'origine, Natello, suivant un vœu de sincère intégration à leur patrie d'accueil. Peintre renommé qui en était au dernier acte de sa vie quand de bien plus jeunes que lui mouraient à vingt ans sur le front, Natelle vivait désormais reclus.

Quatre ans déjà que durait cette guerre qu'on croyait, à son commencement, achever victorieusement en une poignée de semaines. Par chance, Natelle n'avait pas de fils à livrer aux canons ennemis ; mais les pleurs des parents du village lui parvenaient et suffisaient à le désespérer de l'espèce humaine. Ce même désespoir l'avait inspiré, trois ans auparavant, à produire son plus sublime contraire.

En effet, au cours de l'année 1915, face à l'hécatombe

de morts, il avait décidé de ne plus peindre que des végétaux, les animaux n'ayant jamais eu ses faveurs picturales. « Ne penser qu'à leurs douces couleurs et leurs lignes aléatoires qui apaisent jusqu'à l'âme des défunts sur leurs tombes », disait-il.

Pour se préserver du monde entré dans l'ère du massacre industriel, il s'enferma dans ses divagations florales qu'il sublima sur une immense toile circulaire de deux mètres de haut et de soixante mètres de long. Afin de pouvoir travailler cette toile d'un seul tenant, il fit reconstruire son atelier aux dimensions voulues et de forme circulaire, fixant ensuite sa grande « page blanche » sur le mur. Il réaliserait ainsi un panorama tel qu'il en avait vu, enfant, dans la capitale. Le sien serait exceptionnel : il interpréterait son jardin dans un éclat de formes et de couleurs, tant réelles qu'inventées.

Pendant plusieurs mois, il exécuta des « brouillons » préparatoires de petite taille, son chevalet planté devant ses parterres de fleurs, bosquets et arbres de sa propriété. Les esquisses s'accumulaient ; pourtant, rien n'avait encore effleuré le blanc immaculé de la grande toile. À cela, Natelle répondait, agacé, aux rares visiteurs mis dans la confidence qu'il faisait des « provisions de formes pour l'hiver », époque à laquelle il entamerait l'œuvre de sa vie. Nous étions à l'été 1915.

Pour l'instant, il se contentait de copier ce qu'il voyait ; ensuite viendrait la création débridée, déliée de son modèle qu'il entendait pour l'instant imiter jusqu'à épuisement. À l'heure où l'homme ne se connaissait plus de limite dans son autodestruction, ce serait une œuvre de la démesure ; mais une démesure créatrice qui s'enracinerait dans la vie rêvée pour conjurer la mort alors régnante.

L'hiver advint. Noël fut d'une morne tristesse à Verny. Passé les fêtes, Natelle voyagea quelques jours à Paris pour choisir le matériel nécessaire à son entreprise titanesque. La capitale avait abandonné ses lumières pour de plus sombres visions : soldats mutilés et ivres, veuves et parents éplorés. Il rentra au plus vite à Verny, le 20 février 1916. Le lendemain, à l'aube, l'artiste apposait son premier trait de couleur sur la gigantesque toile. Depuis sept heures du matin, et l'explosion du premier obus dans le palais épiscopal de la ville, une pluie de bombes inaugurait la bataille de Verdun.

À chaque coup de pinceau répondait un coup de canon dans un fracas créatif d'un côté, destructeur de l'autre. Natelle n'en savait rien, interdisant à ses domestiques de le déranger sous aucun prétexte.

Dans une pièce contiguë se trouvaient une chambre et un cabinet de toilette. Pour ses repas, une sonnette indiquait derrière la porte quand ils étaient servis. Le peintre menait sa bataille personnelle contre la matière et entendait le faire seul. L'univers se réduisait maintenant à cette toile démesurée dont la blancheur sépulcrale lui lançait le défi de la vaincre.

Il y mettrait ainsi toutes ses forces, accompagné dans son isolement volontaire par un *Gramophone*, récente acquisition bienvenue pour écouter ses compositeurs favoris, dont Debussy, aperçu quelques années plus tôt chez son ami le poète Mallarmé. Il lui avait, à l'époque, fait forte impression, notamment à la création du *Prélude à l'après-midi d'un faune,* sous la direction de Charles Doret, un soir de décembre 1894 à Paris.

Comme il appréciait alors ces soirées entre gens de l'art ! Spontanément, lui vint le souvenir de ce jeune écrivain rencontré chez son amie, la comédienne Pauline Benda : Alain-Fournier. Deux mois après le début des hostilités, il avait demandé de ses nouvelles : tué lors d'une reconnaissance.

L'évocation faite de ces souvenirs, Natelle reprit le combat, armé de ses pinceaux. Disposant ses esquisses à même le sol, il attaqua aléatoirement la toile, peignant telle partie, l'abandonnant pour changer de front, y revenir ensuite. À force, les éléments dispersés se rejoignirent pour former ensemble une symphonie florale où, seule concession au genre humain, une silhouette de femme à l'ombrelle reposait au milieu d'un parterre de lis blancs, les yeux inclinés sur les fleurs ; sans doute son amour de jeunesse Hermeline Aubain, décédée d'une tuberculose.

Au bout du compte, il parvint à créer une végétation luxuriante, invisible à quelques centimètres et qui, par enchantement, apparaîtrait au visiteur plus il se reculerait. Le peintre sombra tout habillé sur son lit, taché de peinture. Il s'était battu pendant presque un mois pour obtenir un résultat au-delà de l'imagination.

Un homme trapu, à la moustache blanche, tenant une canne à la main, était assis à côté de lui quand il fut réveillé le lendemain matin de sa dernière touche. L'intrus avait ouvert la porte de l'atelier, malgré les protestations du personnel de Natelle. Là, il avait reçu en pleine face un agglomérat de formes et de couleurs plus vives que le meilleur des jardins de printemps.

Abasourdi, Félicien Lemerle, député à la Chambre et fidèle ami de l'artiste, s'effondra sur une chaise après avoir fait le tour de l'œuvre plusieurs fois. Collectionneur éclairé, il comprit qu'une nouvelle page s'ouvrait ici même dans l'histoire de l'art. Ébahi par la puissance créatrice de son ami, il finit par le réveiller pour lui demander des comptes.

À l'aide de sa canne, il poussa délicatement le corps du génie. Ce dernier maugréa :

— Quelle tête tu as ! répondit son ami à ses grognements.

— Regarde plutôt la tienne, mon vieux ! La politique te blanchit le teint, ça ne te va pas !

— Je fais la guerre !

— Et tu la fais mal puisqu'elle dure !

— Va te plaindre à Clemenceau ! Moi je ne suis qu'un insignifiant maillon de l'État.

— Et moi…

— Toi, tu fais le cachottier : je te savais doué ; pas au point de tordre des siècles d'art pour imposer la révolution. Il suffisait pourtant de regarder parmi la nature, et tu l'as fait. Ah, mon vieux, tu m'as fichu un de ces coups ! Jamais tu n'as aussi bien assemblé les couleurs. Et ces ondulations ! Toutes ces fleurs, dont aucune ne se ressemble : elles sont aussi liquides que de l'eau… Vraiment, ça mériterait d'être vu par toute la France !

— Quand la France aura fondu ses canons pour en faire des fontaines !

— Dis ça à ceux d'en face. Vincent, nous n'allons pas encore nous quereller inutilement. J'étais venu me reposer chez moi et, en passant, je voulais te saluer. Je ne m'attendais pas à un tel spectacle, je dois te l'avouer.

— Alors ça te plaît ?

— Non, ça ne me plaît pas : ça s'impose comme une évidence ! Tu as du génie, je n'en doute plus. Quand le public verra ça !

— … Faisons un marché, veux-tu ?

— Va pour un marché.

— Finis cette guerre et j'en fais don au pays.

— Marché conclu !

Le marché ne put se faire. Le lundi 18 novembre 1918, Vincent Natelle mourut dans l'incendie accidentel de sa maison et disparut, avec son œuvre, des mémoires, alors qu'il aurait dû y demeurer pour l'éternité[30].

---

[30] D'après *Natelle, l'oublié*, par Claude Lorangerie, Nymphéas éditions, Paris, 1926.

Au frère Martin, de l'abbaye Saint-Adegrin-sur-Loire
Le 22 août 1962[31]

Frère Martin,

Vous m'écrivez que vous êtes fatigué. Que dois-je en penser, vous qui ne vous plaignez jamais ?

Vous me connaissez mieux que n'importe qui. Alors, comme une marque d'amitié indéfectible, contez-moi la vérité sur votre santé.

Comme le temps a passé depuis notre première rencontre. Si c'était à refaire, je n'écrirais pas et je vous imiterais peut-être dans la voie de Dieu.

Allez, ce n'est pas de mes pleurnicheries dont vous avez besoin !

Amitiés sincères,

Hippolithe Lepeintre

---

[31] Il s'agit là de la dernière lettre écrite au frère Martin, qui décédera le 4 octobre de la même année, après une longue agonie. (N.D.A.)

Chapitre 17 – Albert Masse[32]

C'est vrai, moi aussi, j'ai dit du mal d'Albert Masse... au début. J'avais quinze ans, ça excuse... mais pas tout. À cet âge, on parle beaucoup plus qu'on ne pense, histoire de se donner une contenance. J'ai regretté. Il m'a pardonné, à sa manière. Maintenant je sais qu'il y avait beaucoup de jalousie de ma part ; pas comme celle des autres : je me moquais qu'il soit riche. Je lui en voulais parce que quoi qu'il entreprenne, il le réussissait parfaitement et sans donner l'impression de l'effort.

Albert faisait plus vieux que son âge. Physiquement et socialement, il ne nous ressemblait pas : il était grand, nous étions petits ; c'était un nanti, nous étions pauvres. Ce dernier obstacle de caste blessait mes camarades : dès qu'un enfant prend conscience que ses vêtements sont moins bien taillés que ceux de son voisin de classe et que ses parents sont plus fatigués que les siens, il apprend le goût amer de l'injustice sociale.

Pourquoi Albert était-il venu dans le public tandis qu'il aurait pu prétendre aux meilleurs établissements privés ?

---

[32] « Albert Masse » est une anomalie dans l'œuvre de Lepeintre, à tel point, comme je l'ai suggéré dans l'avant-propos, qu'on peut douter qu'elle soit de sa main. Au lecteur de se faire son idée. (N.D.A.)

Je l'ai su plus tard : il ne voulait pas de traitement de faveur. C'était une époque où les bourgeois ne se mélangeaient pourtant jamais ; une époque où j'ai vu mon père, vieux mineur usé par les profondeurs de la terre croqueuse de vies, retirer son chapeau au passage d'une pimbêche de douze ans qu'était la fille de son patron. Elle ne l'a même pas regardé ! Paraît que Louis XVI a méprisé pareil Robespierre, alors élève à Paris, qui lui récitait un discours de retour de son sacre à Reims. Sauf que Maximilien, il s'est vengé.

Papa est allé se battre pour la France en 1939 et il est revenu tête basse en 1940, heureusement pas fait prisonnier et entier ; pas comme son père, rentré d'une autre guerre la gueule de travers. Il me fichait une de ces trouilles, le grand-père, avec son trou dans la joue gauche récolté dans les tranchées. Ça le faisait ressembler à une créature des enfers. Pourtant, il a jamais été méchant, ni avec moi, ni avec mon frère. Lui, il disait qu'enfin il ressemblait à son surnom des tranchées. « La girolle » qu'ils l'appelaient, les copains ; la gueule en champignon, il l'avait à présent !

Je raconte ça, vous me direz : qu'est-ce que ça vient faire dans l'histoire ? Rien, mais ce n'est pas trop contrôlable : ça déborde de partout les souvenirs, quand j'y repense.

Donc, Albert est arrivé en classe un mercredi, avec deux jours de retard après la rentrée. Au début, on ne pouvait pas voir qu'il était friqué, rapport au fait qu'on portait tous la blouse grise, même à la récréation. Moi, j'ai tout de suite su grâce à ses souliers : des souliers que j'avais repérés dans la vitrine du *Parisien chic*, la boutique réservée aux rupins de la ville. Vache ! J'aurais tellement voulu des souliers pareils ! Sûr que chaussé comme ça, je serais allé me pavaner devant Jocelyne, la fille du boucher, une chouette plante !

Remarquez, je ne lui envie pas son existence : elle en a eu des malheurs ! Faut dire que son père n'a pas été très malin, à gueuler pendant toute la guerre de notre jeunesse : « Vive le Maréchal ! Vive Pétain ! » Le dire c'était déjà une chose, mais joindre le geste à la parole, ça lui a valu douze balles dans le caisson. Certains n'ont pas aimé sa collaboration active dans la milice !

Après la guerre, plus rien n'a été pareil. La Jocelyne et sa mère ont fichu le camp en Bretagne, histoire de se faire oublier : ils y avaient de la famille. J'ai appris plus tard que là-bas elle avait épousé un commerçant qui a ensuite fait faillite et l'a laissée seule avec deux gosses en se suicidant. Puis les emmerdes se sont accumulées : sa fille est morte d'une maladie dont je ne me souviens plus le nom ; son fils est devenu un voyou de la pire espèce qui a fini sa course dans les bras de la Veuve pour avoir tué deux hirondelles pendant un cambriolage. Jocelyne a vieilli très vite et grossi tout autant. C'est dans cet état que je l'ai retrouvée plus tard, par chez nous. C'est à ses yeux que je l'ai reconnue ; de beaux yeux verts qu'on aurait dit des émeraudes ! Pour le reste, y'avait plus rien de pareil. Elle m'a raconté sa vie au bistrot autour d'une bouteille, puis on s'est quittés et je l'ai plus revue : paraît qu'elle a fini par mourir à cause de son penchant pour la boisson et les médocs. Chienne de vie !

Et Albert Masse dans tout ça ?

J'y viens…

Albert était un garçon bien né, comme aurait dit je-sais-plus-qui. Son père était un inventeur et il avait fait fortune en vendant des brevets. Je sais vaguement que ça avait un rapport avec des « procédés révolutionnaires de coloration des textiles ».

Faut pas m'en demander plus. Moi, je suis un cheminot de la ligne Boulogne-Paris/Paris-Boulogne, qui terminera sa carrière à bord de sa CC 65000. Je pourrai pas mieux faire, je le sais.

Je me souviens la première fois que je suis entré chez les Masse : tout était beau et délicat, pas comme chez nous où ça sentait souvent le graillon jusque sur mes vêtements, à tel point que j'empestais la friture en classe. Ce qui me rassurait, c'est que j'étais pas le seul. Albert, lui, il ne sentait jamais mauvais : il portait de l'eau de Cologne, et pas n'importe laquelle, je vous prie ! De chez Guerlain… celle que je porte depuis trente ans, du jour où il m'a offert mon premier flacon. Je me rappelle qu'une fois, j'avais fait un petit boulot et, au lieu d'essayer d'inviter une fille, j'ai foncé à la parfumerie et je me suis payé ma première bouteille. C'est un détail pour vous dire qu'Albert, il m'a marqué plus que n'importe qui sur cette terre.

Je lis beaucoup, je veux dire pour un homme de basse extraction – j'adore cette expression : ça en jette, vous trouvez pas ? Je lis tout ce que je peux, pourvu que ça me fasse voyager : romans, poèmes, pièces, livres d'histoire, etc. Pas de philosophie : trop alambiqué ! Quand j'ai rencontré Albert, autant vous prévenir que je ne lisais qu'en cours, et mal encore ! Pas envie.

En fait, maintenant que j'y pense, j'avais envie de rien. De voir mes parents souffrir comme ils souffraient, se démener pour nous faire une vie meilleure que la leur, je me figurais que c'était peine perdue : tout ça, c'était une affaire de castes, comme en Inde. On finirait tous au fond de la terre ou à l'usine. Je me suis pas trompé de beaucoup. Un seul de mes copains de classe est devenu médecin. Tous les autres, ils besognent pour les patrons et pour pas grand-chose. Malgré la fatalité, mes parents ont tenu à ce que j'étudie jusqu'à ce que je quitte, contraint et forcé, le lycée.

Un jour, Albert et moi on s'était disputés à cause de sa vie facile et de la mienne pourrie ! Conneries d'adolescents, vacheries qu'on ne pense pas, qu'on balance quand même pour se soulager de ses malheurs sur ceux qui n'en sont pas responsables. Enfin, Albert cogitait mieux que moi et il m'a pardonné en m'invitant chez lui pour une réconciliation. La première fois, j'étais monté directement dans sa chambre. Là, il m'a fait visiter la bibliothèque et j'ai regardé cette pièce comme un endroit qu'était pas pour moi, un peu comme dans un temple protestant alors que je suis catholique.

Devant mon air interdit, Albert a souri avec bienveillance. Je n'ai jamais rien décelé de mauvais chez ce garçon. Il a pris un volume dans un des rayons en me disant quelque chose que je n'oublierai qu'en mourant : « Les livres c'est le meilleur moyen d'aller ailleurs quand rien ne va chez toi. Aucun bateau, aucun train ne te fera mieux voyager. Je ne te dis pas qu'ils t'empêcheront de souffrir, mais ils t'aideront à supporter la vie et à la faire taire quand il le faut. »

Le livre, je l'ai ouvert dans mon lit, le soir, avec une grimace de dégoût. Je me suis endormi trois heures plus tard de fatigue tellement je voulais le finir. Le lendemain, c'était jeudi. Au lieu d'aller jouer avec ma bande de copains, je suis resté à la bicoque pour le terminer. Quand j'ai lu la dernière ligne, j'ai pleuré. Ce fut ma première aventure romanesque : *Cinq semaines en ballon*, qu'il s'appelait. En une soirée et une matinée, j'ai vu toute l'Afrique du haut d'un dirigeable et sans bouger de ma chambre ! Quand j'ai rendu le livre à Albert, le lendemain, et qu'il m'a questionné sur ma lecture, j'ai répondu : « J'en veux un autre. » Celui-là, il me l'a offert : une édition Hetzel originale que je conserve toujours avec une reconnaissance pas possible à expliquer là, ce serait trop long.

Les vacances sont arrivées. Moi, je les passais chez une cousine qui habitait dans une ferme en Vendée, trop loin de la mer pour qu'on y aille tous les jours, mais de temps en temps tout de même. Elle était gentille, ma cousine, et son mari, surtout, il m'apprenait des tas de trucs. Même que cette année, je l'accompagnais à la chasse. Leurs enfants, ils étaient petits, chouettes, et je m'occupais souvent d'eux. Je crois que c'est pour ça que leurs parents m'invitaient tous les étés et une semaine l'hiver : ça faisait plaisir à tout le monde.

De son côté, Albert rejoindrait le reste de sa famille dans sa villa du sud. Il m'avait montré les photos : c'était aussi grand qu'un château. La chance ! J'étais un peu envieux, je reconnais. On était en 1938. On s'est écrit, pendant toutes les vacances. Je lui racontais tous les livres que je lisais. Chez mes cousins, il y avait une petite bibliothèque municipale, et je passais du temps dans la salle de lecture.

Enfin, les vacances, cette année-là, elles ont passé vite… trop ! Gisèle, je l'ai rencontrée à ce moment. On a flirté et plus – ma première fois – ; puis comme elle habitait en région parisienne et moi dans le nord, on s'est séparés tristes. Elle a connu d'autres garçons ; moi pareil pour les filles.

Un jour, après la guerre, à un mariage où j'étais invité, je l'ai revue : elle n'était plus jolie, elle était superbe ! Et rayonnante avec ça ! Tellement que tous les hommes en âge de l'aimer l'ont fait danser. Je n'ai pas osé lui parler jusqu'à ce qu'à la nuit tombée, elle m'entraîne pour faire l'amour à l'écart. Nous avions alors vingt-trois ans tous les deux. Mais on voulait plus qu'une amourette. On s'est mariés peu de temps après, avec l'accord de nos parents bien sûr. Depuis, on est toujours ensemble ; on s'aime avec des hauts et des bas, mais on se tiendra la main jusqu'à ce que l'un de nous deux « s'en aille ».

Albert ne s'est pas pointé à la rentrée. Quand je ne l'ai pas trouvé dans la cour du lycée, je me suis dit : « Le bourgeois a rejoint les siens. Son aventure chez les pauvres est finie ! » J'enrageais : il n'avait pas répondu à mes dernières lettres et chez lui tout était fermé. C'était ça : il avait déménagé dans le sud ou à la capitale, lassé sans doute de notre indigence et du ciel gris ! Les débiles du nord, ils devaient en avoir assez, lui et sa famille !

J'ai ruminé ma colère pendant plusieurs semaines jusqu'à ce que je croise par hasard sa mère. On aurait dit qu'elle avait pris trente ans : ses beaux cheveux blonds, ils étaient devenus blancs. Elle avait des rides marquées, comme celles d'un travailleur. Madame Masse m'a reconnu, m'a souri douloureusement. Quand je lui ai demandé des nouvelles d'Albert, elle s'est tue, m'a pris la main et, dans le cimetière juste à côté, m'a montré sa tombe, toute fleurie.

Albert s'était suicidé deux jours après qu'ils étaient revenus de vacances, sans explication. Aujourd'hui encore, personne ne sait pourquoi. J'ai une petite idée : il était trop vrai pour supporter les mensonges obligatoires d'une vie d'homme. C'est juste ma petite idée.

Ça fait pas mal d'années qu'Albert est mort, et je suis certain que s'il n'avait pas été là, ma vie aurait été différente, et que s'il avait vécu elle l'aurait été encore plus.

À commencer par mon exclusion du lycée, alors que j'étais devenu un bon élève, sans trop briller tout de même ! Un crétin, Gilles Dargent, a balancé un jour une saloperie sur Albert, de celles que moi aussi j'avais balancées quand il était encore en vie et que je ne le connaissais pas. Sauf qu'à présent, je défendais sa mémoire envers et contre tous ! Je lui ai brisé le nez et cassé trois dents au petit merdeux : viré et « obligé de travailler », a dit mon père. J'ai fini par atterrir à la SNCF, et j'y suis toujours !

Je n'ai pas à me plaindre : ma femme m'aime, on a une

maison à nous et des enfants en pleine santé.

C'est quand je termine un livre qu'Albert me manque le plus. Lui, il saurait me conseiller le suivant[33].

---

[33]Au dos du dernier feuillet d'« Albert Masse » était écrit ceci : « Le frère Martin est mort. L'abbé Augustin m'a appelé pour me prévenir. Je suis dévasté. Me voilà maintenant vraiment seul, et la compagnie de mes histoires ne suffira pas à me consoler de cette perte. Mieux vaut me débarrasser de tout ce mensonge et ne plus me bercer d'illusions narratives : ce n'est pas la vie ! » (N.D.A.)

À propos de l'auteur

Comme lire était le meilleur moyen que j'avais découvert pour « partir » loin d'une réalité peu exaltante dans son ensemble, j'ai tenté l'expérience de l'écriture, espérant que ce serait encore mieux. Si ça n'a pas été le cas, je dois toutefois reconnaître que raconter a des vertus exaltantes, et l'idée d'être lu, encore plus. Aussi, je pratique l'écriture sans chercher un style « immortel », mais avec un souci narratif toujours présent à l'esprit.

J'écris ainsi depuis plusieurs années des articles (essentiellement politiques ou littéraires) ; des récits de fiction, dont trois publiés : *Les chroniques du Chat* (roman d'anticipation), *Expositions* (roman érotique) et *Une légende chrétienne* (roman d'enquête historique) ; de la poésie et du théâtre.

Enfin, ce qui pourrait caractériser mon écriture, ce serait son ancrage dans l'identité européenne, de par son histoire d'une part, et sa culture, d'autre part. Quel que soit le sujet abordé, il est pour moi essentiel et rassurant qu'il s'y trouve ces repères.

C. Demassieux

Du même auteur

Un soir, au musée de Chantilly, le corps mutilé d'un jeune garçon est retrouvé par des membres du personnel. Mais un détail sur la victime fait trembler les plus hautes autorités de l'État, immédiatement prévenues : une lettre du tueur, aux armes du Vatican.

Ce qui semblait de prime abord un meurtre sordide va révéler une affaire d'une immense ampleur qui obsède la chrétienté depuis des siècles, entraînant dans son sillage des personnalités qui se seront volontairement mises en danger au nom de leur foi.

Plusieurs protagonistes vont ainsi se précipiter dans une chasse au trésor afin d'exhumer (ou détruire, selon les motivations de chacun) une relique dont, au départ, ils ne savent à peu près rien. Cette quête périlleuse les entraînera dans un voyage où Histoire et légendes se mêleront pour révéler un secret capable d'ébranler les fondations de l'Église catholique.

Retrouvez tous les titres et l'actualité des Éditions HJ :

Sur notre site Internet :
http://www.editionshelenejacob.com

Sur Facebook :
https://www.facebook.com/EditionsHJ

Sur Twitter :
https://twitter.com/EditionsHJ